U0094177

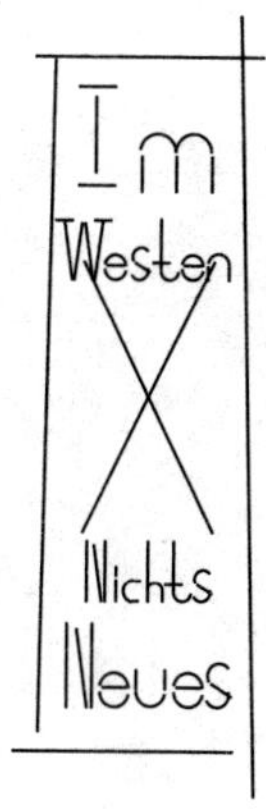
Im
Westen
Nichts
Neues

西线
无
战事

西线无战事

Im Westen Nichts Neues

[德国]
E. M. Remarque
埃里希·玛丽亚·雷马克

李清华 译

译林出版社

图书在版编目（CIP）数据

西线无战事 /（德）埃里希·玛丽亚·雷马克（Erich Maria Remarque）著；李清华译. — 南京：译林出版社，2021.4

ISBN 978-7-5447-8516-7

I.①西… II.①埃… ②李… III.①长篇小说 - 德国 - 现代 IV.①I516.45

中国版本图书馆 CIP 数据核字（2021）第 005719 号

西线无战事 ［德国］埃里希·玛丽亚·雷马克 / 著　李清华 / 译

责任编辑　王　珏
特约编辑　竺文治
装帧设计　廖　韡
校　　对　蒋　燕
责任印制　颜　亮

原文出版　Kiepenheuer & Witsch
出版发行　译林出版社
地　　址　南京市湖南路 1 号 A 楼
邮　　箱　yilin@yilin.com
网　　址　www.yilin.com
市场热线　025-86633278
排　　版　南京展望文化发展有限公司
印　　刷　恒美印务（广州）有限公司
开　　本　850 毫米 × 1168 毫米　1/32
印　　张　9.5
插　　页　16
版　　次　2021 年 4 月第 1 版
印　　次　2021 年 4 月第 1 次印刷
书　　号　ISBN 978-7-5447-8516-7
定　　价　39.80 元

目录

这本书既不是一种谴责，也不是一份自白。它只是试图叙述那样一代人，他们尽管躲过了炮弹，但还是被战争毁掉了。

第一章

我们在前沿阵地后九公里处躺着。昨天我们才被替换下来，现在我们肚子里填满了白豆烧牛肉，吃得饱饱的，心满意足。甚至每个人都可以拿到满满一饭盒东西留到晚上。除此之外，人人都拿到双份的香肠和面包——够不错的了。这样的情况很久没有遇到过了：那个长得像牛一样、脑袋瓜像西红柿一般的伙夫亲自招呼我们多吃，他举起勺子向走过来的每个人打招呼，盛给他们每人满满的一大勺。他简直绝望了，因为他不知道该如何处置他的流动战地厨房的饭菜。恰登和米勒找来几只脸盆，把它们盛得都要撒出来了，留作储备。恰登是出于贪吃才这么做的，而米勒则出于小心谨慎。恰登把东西吃到哪里去了，对大家来说是个谜。他现在是，而且始终会是一条瘦小的鲱鱼。

最重要的是烟也发了双份。每个人有十支雪茄、二十支香烟和两块嚼烟，这在当前已经非常不错了。我拿我的嚼烟和卡特钦斯基换了香烟，这样我就有了四十支香烟。这些香烟抽一天足够了。

本来我们是没有权利得到这些赠品的。普鲁士人并非如此慷慨大方。我们捞到这么多东西，多亏一次计算错误。

十四天前我们奉命开到前线去换防。当时我们那一带战事相当平静，因此在我们回来那一天，军需官准备了正常数量的生活物资，供一个有一百五十人的连食用。然而就在最后一天，英国炮兵突然对我们进行猛烈轰击，无数炮弹雨点般落到我们阵地上，我们损失惨重，回来时只剩下八十人了。

我们是在夜里撤回来的，一个个立即躺倒，想好好地睡个大觉。卡特钦斯基说得对：只要可以多睡一会儿觉，这战争就不算那么坏。在前方几乎没睡过什么觉，十四天无论如何是够长的。

我们第一批人从棚屋营房里爬出来已经是正午。半小时后，每个人都拿好自己的饭盒，聚集在流动战地厨房前，那里飘着油腻的气味和营养丰富的香味。站在队伍最前面的当然是最饥饿的人：小阿尔贝特·克罗普，他是我们中头脑最清楚的人，所以才当了个二等兵；米勒第五，他还随身携带着课本，梦想着突然的考试，在炮火轰鸣中还在死背物理学的定理；莱尔，他蓄着大胡子，特别喜爱军官妓院里的姑娘，他打赌说，这些姑娘按军队的命令都必须穿上丝绸衬衣，而且在接待上尉以上的客人之前必须洗个澡；排在第四个的就是我，保罗·博伊默尔。四个人都是十九岁，四个人都是从同一个班级参战的。

紧站在我们后面的是我们的朋友，恰登，一个身材瘦削的钳工，年纪和我们一样，是全连食量最大的军人。他坐下去吃饭时身材挺苗条的，可是站起来时身子却粗大得像只身怀六甲的臭虫；海埃·韦斯特胡斯，也跟大家同年，是个泥炭工，他能轻松地把一只供士兵吃的粗黑面包抓在一只手里，并且问道："你们猜猜看，我手里抓着什么东西？"德特林，他是个农民，一心只想着他的农家院落和他的老婆；最后是施坦尼斯劳斯·卡特钦斯基，他是我们这群人的头头，四十岁，坚毅、机智、诡计多端，有着一张泥土色的脸，一双蓝色的眼睛，双肩耷拉着，嗅觉出奇灵敏，鼻子嗅得出混浊的空气、美味的食品和战争中的轻松工作。

我们这群人站在长蛇阵的最前列，面对着流动战地厨房。我们变得不耐烦了，因为那不明情况的伙夫仍然站在那里等待。最后，卡特钦斯基终于对他喊道："海因里希，赶快把你的汤勺拿出来！你看，豆子已经煮熟了。"

伙夫昏昏欲睡地摇摇头说："你们首先必须到齐才行。"

恰登龇牙咧嘴地说："我们全都来了。"

那军士仍然不理不睬。"对你们来说是到齐了！可是其他人究竟在哪里呢？"

"他们今天不会跑来问你要东西吃啰！他们不是在野战医院里，就是在群葬墓地里啦！"

像头牛一样的伙夫听到这种情况，一时目瞪口呆。他犹豫不决。

“我已经煮了够一百五十人吃的东西啦！”

克罗普捅了他一下。“这样我们就可以饱饱地吃上一顿了。赶快开饭吧！”

恰登突然心里一亮。他那老鼠般尖尖的脸庞开始闪闪发光，一双眼睛狡黠地眯成了一条缝，双颊在抽搐，他朝前走得更近：“你这个人啊，那么你也领来了一百五十人吃的面包了，是吗？”

那军士茫然不知所措，心不在焉地点点头。

恰登抓住他的上衣。“香肠也是？”

那西红柿般的脑袋瓜又点了点。

恰登的颌骨在颤动。“烟也是？”

“是的，样样都是。”

恰登容光焕发地环顾四周。“我的天哪，这就是说我们走运啦！那么所有这些东西都是我们的！每个人都可以得到——你们稍等一下——真的，正好是双份东西！”

可是此刻那西红柿脑袋瓜清醒了过来，说道：“这可不行！”

这时我们也变得兴高采烈，朝前靠去。

“究竟为什么不行，你这胡萝卜？”卡特钦斯基问道。

“这是给一百五十人的东西，可不是给八十人的。”

“那我们就来教教你。”米勒威胁说。

“我认为饭菜可以随便，但是那些分成一份份的东西，我只能分发八十份。”西红柿脑袋瓜坚持说。

卡特钦斯基恼火了：“想必你也得换换脑子了，是吗？你不是为八十人，而是为第二连领来了军粮，其他的别说。你就把这些发了。我们就是第二连。”

我们对这家伙推推搡搡。没有哪个人对他怀有好感，我们在战壕里时，有几次很晚才拿到饭菜，而且饭菜都凉了，这都是他的过错，因为他在炮火并不很猛烈的情况下都不肯把锅子移近一些，因此我们负责取饭菜的人不得不比其他连的人多跑好远的路。当时第一连的布尔克是个好样的小伙子。虽然他胖得像冬天的土拨鼠，可是他遇到这种情况，仍然把锅子拖到最前面的火线上。

我们大家情绪高涨，这是可以理解的，如果不是我们的连长这时到来，肯定会出事的。他问清发生争吵的原因，仅仅说了一句：“是的，昨天我们损失惨重。”

随后他往锅里瞧了一下：“豆子看来很好。”

西红柿脑袋瓜点点头：“是用板油跟肉煮出来的。”

那少尉看着我们。他知道我们在想什么。他还知道一些别的事，因为他是在我们中间成长的，他刚来连里时还是个军士。他再次揭开锅盖，嗅了一下。他边走边说：“你们也给我捎一满盘来。那些一份份的东西就通通分掉。我们可能用得着。”

西红柿的脸上显露出傻乎乎的表情。恰登围绕着他跳起舞来。

“这根本不会伤你一根毫毛！他现在这副样子，就仿佛整个军需处都属于他似的。现在你动手吧，你这专吃肥肉的家伙，你可别数错了。”

“你这个活该被吊死的家伙！”西红柿吼着。他气得肺都要炸了，这样的事是他没法理解的。他再也无法理解这世界了。他装作对这一切无所谓的样子，还主动分给每人半磅人造蜂蜜。

今天确实是个好日子。甚至邮件也来了，几乎每个人都有几封信和几份报纸。现在大家都闲逛到棚屋营房后的草地上。克罗普腋下夹了一只人造黄油桶的圆盖子。

草地右侧边沿，已经建造起一座大型的公共厕所，那是座有屋顶的牢固建筑物。不过这公厕是给新兵用的，这些新兵尚未学会利用身边的东西，而我们总是在寻找更好的。到处都有矮小的箱子，可以用于此目的。箱子都是正方形的，干干净净，是用木板钉起来的，四面封闭，坐在上面很舒适，十分惬意。箱子侧面还有把手，可以任意搬动。

我们弄来三只箱子，把它们围成一个圆圈，舒舒服服地坐了上去。不坐上两个钟头，我们是不会站起来的。

我还记得，当初我们在兵营里当新兵，每次不得已使用公共厕所的时候，都觉得很难堪。那公共厕所没有门，二十个人像在火车上一样并排坐着。一眼望去尽收眼底。当小兵本来就应该时时有人监视。

其间我们学到了很多东西，这一丁点儿的小难堪早就克服了。随着时间的推移，跟这完全不同的丑事我们也习以为常了。

这儿虽是露天，如厕这样的事却完全是一种享受。我现在已经想不明白，为什么先前我们对这样的事情总是感到难为情，其实它们也跟吃喝一样自然。如若它们没有在我们身上扮演如此重要的角色，偏偏又让我们感到新奇，那么我们也许就不会特别注意它们了。对于其他人来说，它们早已是理所当然的事情了。

对于士兵来说，他的胃和他的消化能力比任何其他人都要亲切得多。他四分之三的词汇都来源于这个领域，无论是最大的喜悦，还是最深的愤怒，它们的表达方式都能在这儿找到一种强烈的韵味。要表达得如此简明扼要，用别的方式是不可能的。若是我们回家去，我们的家里人和老师们一定会惊讶不已，但是在这儿，这却是一种大家都使用的语言。

我们已经感觉到，这些事被强制公开后，已经重新获得了纯洁的性质。不仅如此，我们认为它们是理所当然的，我觉得它们愉快地得到了解决，其意义如同在玩纸牌时拿到一手稳胜的同花牌。谈到形形色色的闲言碎语，“粪坑传闻”这个词的产生，不是毫无道理的；在军队里，这些地点就是传闻的制造场所和公共休息室。

此刻我们感到比身处地上和墙上都贴着白瓷砖的豪华洗手间还要愉快。那里只能谈得上卫生，但是这里真是个妙境。

几个钟头里什么都不想，真是不可思议。我们头顶上是蔚蓝色的天空。地平线上悬挂着被阳光照亮的黄色观测气球和高射炮弹造成的白色云烟。有时这些云烟变成一束束的，迅速升上天空，追踪着一架飞机。

我们隐隐约约听到前线低沉的隆隆声，仿佛是非常遥远的地方发出的雷鸣声。丸花蜂嗡嗡地飞过，就把这声音掩盖了。

我们的四周有一片野花盛开的草地。青草摇摆着细嫩的圆锥花序，白蝴蝶翩翩飞来，飘浮在仲夏柔和的暖风中。我们看着信和报纸，抽着烟。我们摘下帽子放在身旁，风舞弄着我们的头发，也拨弄着我们的语言和思想。

那三只木箱子就放在闪闪发光的艳红色虞美人中间。

我们把人造黄油桶的盖子放在膝盖上，这样我们就有一块很好的木板用来玩纸牌。克罗普随身带着一副纸牌。每次打完三人玩的努尔牌戏后，就插进一次两人玩的拉姆什牌戏。我们可以这样长时间坐下去。

棚屋营房那里传来了手风琴的乐声。有时我们放下纸牌，相互对视。随后一个人说道："孩子们，孩子们……"或是说："那一次真是九死一生啊……"一瞬间我们沉默无语。我们心中萌生出一种强烈的压抑感，每个人都觉得无须用许多话语来表达。这样的情况很容易发生：我们今天差点就不能坐在木箱子上了，真该死，现在离那种时刻越来越近了。因此，一切都显得新奇，给人以强烈的印象——艳红的虞美人和美味的食物，香烟和夏天的风。

克罗普问："你们中有谁见到过克默里希？"

"他躺在圣约瑟夫医院里。"我说。

米勒认为他的一条大腿被打穿，那倒是一张很好的回家通行证。

我们决定下午就去探视他。

克罗普拿出一封信："坎托雷克要我向你们问好。"

我们笑了。米勒把他的香烟扔了，说道："我倒希望他也在这里。"

坎托雷克以前是我们的班主任，一个严厉的矮个子男人，他身穿一件灰色长上衣，一张脸尖得活像老鼠脸。他的身材大致跟被称为"克洛斯特贝格的恐怖"的希默尔施托斯军士相仿。顺便说一下，说来真滑稽，世界上的不幸往往是身材矮小的人造成的，他们比身材高大的人更加有毅力，更加叫人讨厌。我始终处处留神，避免到那些矮小连长经常出入的部门去。这些人绝大多数都是该死的虐待狂。

坎托雷克在给我们上体操课时多次给我们做长篇报告，直到我们全班人在他的带领下一齐去区司令部报名入伍。他戴着眼镜瞪着我们，用感人肺腑的嗓音说："同学们，你们都去参军吗？"时至今日，那副样子依然能清晰地浮现在我的眼前。

这些教师经常在西装背心口袋里藏好他们的感情，以便随时取用，他们确实也按课时把这种感情掏出来炫耀。然而当时我们并没有想到这一点。

当然，我们中间确实有个人迟疑不决，不肯一起参军。那就是约瑟夫·贝姆，一个胖乎乎的随和的小伙子。但是他后来也被说服了，否则他在面子上说不过去。也许还有几个人的想法也和他一样，可是没有哪个人能坚持到底不参军，因为在那时，就连做父母的也惯于使用"胆小鬼"这个词。大家对所发生的事毫无所知。脑子最清醒的自然就是那些穷人和普通人，他们当时就认为战争是一场灾难，而那些地位较高的人，尽管他们本该早些看清楚战争所造成的后果，却反而高兴得忘乎所以。

卡特钦斯基断言，这都是由于他们所受的教育使他们变蠢了。卡特所说的话，都是经过深思熟虑的。

奇怪的是，贝姆是第一批阵亡者中的一个。他在一次冲锋时双眼中了子弹，我们以为他死了，把他留在了战场上。事实上我们也没法把他弄回来，因为我们也是仓皇逃回来的。当天下午，我们突然听到他在呼喊，看到他在前沿阵地外面到处乱爬。原来他当时只是失去了知觉。由于他什么也看不见，又痛得发狂，因而他没能利用掩体，没等到人们跑过去把他救回来，他就被那边的敌军开枪打死了。

当然，人们不会把这件事和坎托雷克联系起来。如果人们也要把这称为罪过，那么这还成什么世界呢。世界上有成千上万个坎托雷克，他们个个都深信，自己是在用适合自己的方式去做最好的事。

但这正是他们失败的原因，这一点我们亲眼看到了。

对于我们十八岁的人来说，他们本来应该是我们走向成人世界，走向工作、责任、文化和进步的世界，走向未来的介绍人和引路人。有时我们嘲笑他们，稍微戏弄他们一下，但是归根结底，我们还是信任他们的。在我们思想上，他们所代表的权威这个概念，是和更远大的判断能力和更加合乎人性的知识联系在一起的。然而我们所看到的第一个死者却粉碎了我们这种信念。我们不能不认识到，我们这一代人比他们那一代人更诚实；他们超出我们的，无非是空洞的言辞和巧妙的圆滑。第一次雨点般的炮火就指出了我们所犯的错误，在炮火底下，他们谆谆教导我们的那种世界观土崩瓦解了。

他们仍在继续撰写文章，进行讲演，而我们却看到了野战医院和死亡；他们把效忠国家看成是头等大事，而我们却已经知道，死亡的恐惧比以前更加强烈了。然而我们没有成为叛变者，没有成为逃兵，也没有成为胆小鬼——所有这些词汇他们信手拈来就随便使用——我们像他们一样热爱我们的祖国，我们在每次进攻时总是勇往直前；但是我们现在会进行区别，我们一下子学会了观察。我们看到，他们那个世界已经完蛋了。我们突然觉得孤独得非常可怕，而我们只好一直孤独下去。

我们在动身去探视克默里希之前，就把他的东西收拾好了；他在途中用得着这些东西。

野战医院里熙熙攘攘，里面始终散发着石碳酸、脓和汗的气味。我们在棚屋营房里闻惯了这种气味，但是在这儿闻到这种气味，却感到不舒服。我们到处打听克默里希；他躺在一个大病房里，看到我们时露出一种虚弱的表情，既高兴又激动，还有几分茫然。在他失去知觉的时候，有人把他的表偷走了。

米勒摇摇头说道："我总是对你说，这样好的表你不能带来。"

米勒这个人不够机灵，而且也有些自以为是。不然他就不会开腔了，因为人人都看得出，克默里希再也不会从这个大病房里走出来了。他能否把自己的表找回来，已经无所谓了，至多是别人把它送交他的家人而已。

"你好吗，弗兰茨？"克罗普问道。

克默里希把头垂下来。"还好，只是我脚上疼得很厉害。"

我们看看他的被子。他的一条腿就搁在一只铁丝篓底下，厚厚的被子盖在上面，成了拱形。我朝米勒的胫骨踢了一下，因为他差点就要把外面卫生兵告诉我们的话说给克默里希听：克默里希已经没有脚了。他的一条腿已经截去了。

他看起来很可怕，脸色蜡黄又苍白，脸上出现了从未有过的皱纹，这样的皱纹我们非常熟悉，因为我们已经看到过数百次了。其实那并不是皱纹，而是一种征兆。在他的皮肤下面，已经没有生命的搏动；它已经被挤到肌体的边沿了，而死神正使劲地从里面向外挤，它已经把那双眼睛控制住了。那里就躺着我们的伙伴克默里希，他不久前还跟我们一起烤马肉，蹲在弹坑里；他还是那个人，然而又不再是那个人了，他的形态变得模糊不清，仿佛一张相片的底片拍摄了两次。就连他的嗓子也像死灰一样沙哑无声了。

我想到当年我们启程的情景。他母亲，一位善良的、胖乎乎的妇女，送他到火车站。她不停地哭着，她的脸都哭肿了。克默里希因此感到难为情，因为她是所有人中最不能克制自己的，她简直哭成泪人了。后来她转向我，一再抓住我的胳臂，恳求我在外面多多关照弗兰茨。当然，他也长着一张孩子般的脸，而且骨骼也很柔弱，背了四个星期背包，一双脚就变成扁平足了。但是在战场上，一个人怎么能够关照别人啊！

“现在你就可以回家了，”克罗普说，“要是等休假，你至少还得等三四个月。”

克默里希点点头。我不敢细看他那双手，它们跟蜡一样。指甲里面还有战壕里的脏东西，蓝黑的颜色看上去像是毒药。我突然生出这样的奇想：在克默里希停止呼吸后很久，这些指甲还会继续生长下去，好像是幽灵般的地窖里的植物。我仿佛看到这情景就在面前：它们弯曲得像开木塞的螺旋钻，不断地长着，同它们一起长着的还有正在崩裂的脑壳上的头发，像是沃土上的青草，确实像青草，这怎么可能呢？

米勒俯下身去："我们已经把你的东西带来了，弗兰茨。"

克默里希用手指了一下："把它们放到床底下。"

米勒按他说的做了。克默里希又提起他那块表。我们怎样才能安慰他，而又不使他产生怀疑呢！

米勒手里拿着一双飞行员长筒靴，直起腰来。那是一双用柔软的黄色皮革做成的英国皮靴，皮靴很漂亮，高及膝盖，从下往上都用带子系着，是人们渴望得到的一样东西。米勒看到它就很高兴，他把靴底和自己那双笨重的鞋子比了一下，问道："你也想把这双皮靴一起带走吗，弗兰茨？"

我们三人的想法都一样，即使他有可能恢复健康，也只需要一只靴子，因此这双皮靴对他已没有价值了。但是现在情况明摆着，把靴子留在这里，实在可惜，因为他一死，卫生兵自然会立即把它们拿走。

米勒重复问道："你是不是想把这双靴子留在这里？"

克默里希不想把它们留在这里。这是他最好的东西。

"那我们可以拿东西来交换，"米勒又建议道，"在前线，这样的东西可是用得着的。"

但是克默里希没有被说服。

我踩了一下米勒的脚，他犹豫不决地又把这双靴子放到了床底下。

我们又谈了一会儿，然后就告辞了。“你多保重，弗兰茨。”

我答应他明天再来。米勒也这么说，他一心想着那双系带子的皮靴，因此他要守在那里。

克默里希呻吟着。他在发烧。我们在外面拦住一个卫生兵，要求他给克默里希打一针。

他拒绝了：“要是我们给每个人都注射吗啡，那我们不知要有满满的多少桶才够用啊……”

“你们只肯为军官们服务。”克罗普怀着敌对情绪说。

我赶紧去打圆场，先递给那卫生兵一支香烟。他接过香烟。随后我问道：“那么你还是可以给人打一针啰？”

他的自尊心受到了伤害。“如果你们不相信，那你们还问我干吗？”

我又往他手里塞了几支香烟。“请你帮我们个忙吧……”

“那，好吧。”他说。克罗普跟着他一道走进去，他不信任这个人，要亲眼看看。我们在外面等着。

米勒再次提起皮靴的事。“那双皮靴要是给我穿，再合适不过了。我穿上自己这双笨重的皮鞋，一跑起来脚就起泡，一个接着一个。你认为他会拖到明天有人值班以后吗？要是他夜里就走了，那我们就眼看着那双皮靴……”

阿尔贝特回来了。“你们认为……”他问道。

“完了。”米勒下结论说。

我们朝棚屋营房走回去。我想到明天我一定要给克默里希母亲写的那封信。我觉得很冷。我多想喝一杯烧酒。米勒拔了些青草，塞到嘴里咀嚼。突然，矮个子克罗普把他的香烟扔到地上，紧接着发狂似的在香烟上乱踩，还环顾四周，脸上露出迷惘和惊慌失措的表情，结结巴巴地说：“乌七八糟的鬼东西，这些狗屎！”

我们继续走，走了好久。克罗普已经平静下来了，这种情况我们见过，这就是前线士兵精神失常的发作，在这儿，每个人都有过这种情况。

米勒问他：“坎托雷克的信上究竟给你写了些什么？”

他笑着回答：“他说我们都是钢铁青年。”

我们三人都恼怒地笑了。克罗普骂骂咧咧的，他为自己还可以说话而高兴。

是的，他们都是这样想的，成千上万个坎托雷克，他们都是这样想的！钢铁青年！青年！我们大家都没超过二十岁。可是年轻吗？青年时代？那已经是很久以前的事了。现在我们都是老人了。

第二章

我家里一张书桌的抽屉里放着一个刚写了个开头的剧本《扫罗》和一沓诗稿，一想到这，我的心情就很奇特。好多个夜晚，我都是这样在写作中度过的，我们几乎每个人都做过类似的事，但是我觉得，那已经变得虚幻渺茫了，我自己也记不清了。

自从我们来到这里，我们往昔的生活就完全被切断了，其实我们一丁点儿事情也没有做。有时我们试图对此做出一个概述，找到一种解释，然而并不怎么成功。对于我们二十岁的人，对于克罗普、米勒、莱尔和我，对于被坎托雷克称为钢铁青年的我们来说，一切都偏偏特别模糊不清。年纪稍大的人，他们和自己往昔的生活都有着密切的联系，他们有产业，有妻子、孩子、职业和感兴趣的事，这些是那么牢固，即便是战争也破坏不了。我们二十岁的人只有父亲和母亲，有些人还有个姑娘。这也没什么——因为在我们这样的年纪，我们双亲的力量是最弱的，而姑娘们尚未占主导地位。除此之外，我们也没有很多别的东西，无非有些幻想，有些业余爱好，还有我们的学校。我们的生活尚未越过这一范围。然而，这些东西，现在已经荡然无存了。

也许坎托雷克会说，我们正好站到了生活的门槛上。事实也是这样。我们还没有把根扎牢，战争就像洪水一样把我们冲走了。对于其他人，对于年纪稍大的人来说，战争不过是一个中断，他们可以超越它进行思考。但是我们却被它逮住了，不知道结局会是怎样。眼下我们所知道的只是，我们已经以一种异乎寻常和令人伤感的方式变成了野蛮人，虽然我们并非时常都很悲伤。

即便米勒很想拥有克默里希的那双长筒靴，但也不能因此就说他比别人缺少同情心，别人不过因为感到痛苦而不敢有如此的想法。他不过是知道区别罢了。假如这双皮靴对克默里希还有点用处，那么米勒必定情愿赤着脚跑过带刺的铁丝网，也不会费尽心思去想怎样才可以把它们弄到手。但现在的情况是，按克默里希的状况，他已经没法再穿这双靴子了，而米勒可以很好地利用它们。克默里希就要死去，谁得到这双靴子都一样。既然如此，为什么米勒就不可以得到呢！比起那个卫生兵，他有更多的权利！若是等到克默里希死去，那就来不及了。正因为如此，米勒现在已经在密切注意了。

对于其他种种关联的意义，我们已经无法看清了，因为这些关联全都是假的。对于我们来说，只有事实才是正确的和重要的，而精美的长筒皮靴实在如同凤毛麟角。

过去的情形可不同。那时我们去区司令部，一个班级有二十个青年，在去兵营前，大家还兴高采烈地集体去理发店刮胡子，有的人还是平生第一次去。对于前途，我们没有固定的计划，极少数人对于事业和职业的想法，实际上不过是一种生存的方式罢了。我们仍然满脑子都是模糊的观念，在我们眼里，这些观念把生活和战争理想化了，而且几乎赋予了它们一种浪漫主义的色彩。

我们接受了十个星期的军事训练，在这期间，我们受到的改造比在学生时代的十年更具有决定性作用。我们领会到，一颗擦得光亮的纽扣比四卷叔本华[1]的著作更加重要。我们起先是惊讶地，然后是愤怒地，最后是冷淡地认识到：似乎起决定性作用的不是精神，而是衣服刷子；不是思想，而是制度；

---

1 德国唯心主义哲学家，唯意志论者。

不是自由，而是操练。我们怀着良好的意愿欢欣鼓舞地来当兵，但是他们却千方百计要我们抛弃这些。三个星期过后，一个穿着镶边制服的邮差，对于我们来说就比从前我们的父母、我们的老师，以及从柏拉图到歌德的全部文化有着更大的权威。对于这样一件事情，我们再也不会觉得无法理解了。我们用自己年轻的、觉醒的眼睛看到，我们的老师们关于祖国的正统概念此刻在这里已经变成了对个性的抛弃，即便是对低下的仆人，人们也不会要求他们这么做。敬礼、立正、分列行进、举枪致敬、向右转、向左转、鞋后跟咔嚓相碰、辱骂和千百种故意刁难：我们原先想象的任务不是这样的，到了这时才发现，人家就像对待马戏团的马一样，要我们接受英雄主义的训练。但是我们很快就习惯了。我们甚至理解为，这些事情有一部分是必要的，但是另外的部分却是多余的。士兵对此的判断是正确的。

我们班级三个人一群，四个人一伙，分散在各个班里，跟佛里斯兰的渔民、农民、工人和手工业者在一道，我们和他们很快就成了朋友。克罗普、米勒、克默里希和我编在第九班，班长是希默尔施托斯。

他算得上是练兵场上折磨士兵最残酷的家伙，而他也为此自豪。此人身材矮小结实，蓄着拳曲起来的赤红色小胡子，

已经当了十二年兵，原来的职业是邮差。他同克罗普、恰登、韦斯特胡斯还有我特别过不去，因为他感觉到我们在默默地对抗。

一天早晨，我为他整理了十四次床铺。他一次次找出差错，把整理好的床铺又弄乱。我曾花了二十个小时——其间当然有几次休息——把一双古老的像石头那么硬的靴子用鞋油擦得像黄油那么软，以至于连希默尔施托斯也挑不出什么毛病；我曾按他的命令用一把牙刷把班里的小房间刷得干干净净；克罗普和我曾按他的要求用洗手的刷子和铁皮簸箕清扫练兵场上的积雪，如若不是有一位少尉偶然经过这里，把我们打发走，并狠狠地训斥希默尔施托斯一顿，那我们必定会一直干到冻死为止。可惜此事只是让希默尔施托斯对我们更加恼火。接连四个星期，我都是在星期日站岗。同样，四个星期中每逢星期日我也在寝室里值勤。我曾背着全部行装和步枪，在松软、潮湿的翻耕过的田地上练习“起立，快步走，前进”和“卧倒”，直到我成了一团肮脏的泥，累垮了为止；四个小时后，我还得换上一身洗得干干净净的衣服让希默尔施托斯检查，当然两只手上还有血迹；我曾和克罗普、韦斯特胡斯、恰登一道在冰天雪地中不戴手套练习“立正”一刻钟，裸露的手指按在冰冷的步枪枪管上，而希默尔施托斯却在四周巡视，暗中进行窥伺，一发现我们稍许动一动，就加以训斥；我曾在夜里两点穿着衬衣八次从营房最高层跑到下面的院子里，就因为我把衬裤放在那张用来堆放所有人的东西的凳子上，冒出边沿了几厘米，希默尔施托斯军士值班时跑在我身旁，往我的脚趾上乱踩；在练拼刺时，我常常要和希默尔施托斯格斗，我手拿一件笨重的铁器，而他拿一支便于使用的木枪，因此他可以轻松自如地把我的胳臂打得青一块紫一块；当然有一次我怒不可遏，不顾一切地对着他冲过去，往他肚子上猛撞一下，把他撞倒了。他正想诉苦，连长取笑他说他自己应该注意才是。他知道希默尔施托斯的为人，似乎乐意看到他出出洋相。我练成了攀爬窄橱的行家，在做下蹲动作方面，我也逐渐成为能手。原来我们只要听到他的声音就会发抖，但是这匹变野的驿马仍然不可能叫我们屈服。

一个星期天，当克罗普和我在棚屋营房区用一根杆子抬着尿桶吃力地拖着脚步走过场院时，打扮得一身光鲜的希默尔施托斯正巧走到这里，准备出去，他于是就站到我们前面，问我们是否喜欢干这种活，我们不顾一切地假装绊了一下，把尿桶里的尿全泼到他两条腿上。他狂怒起来，但是这也怪不得我们，是他自己做得太过分了。

"应当关押起来。"他吼叫着。

克罗普已经受够了。"但是也得先来一次调查，到时我们就通通说出来。"

"您怎么能这样跟一个军士讲话！"希默尔施托斯怒吼着，"您得了精神病吗？您等着受审吧！您想干什么？"

"把关于军士先生的事通通说出来！"克罗普说着，把手指放到他裤子的接缝处。

希默尔施托斯此时看出来发生了什么事，就一声不吭地走开了。他在离开前，还扯着嗓子说了一句："这笔账我会跟你们清算的。"——但是他的权威已经一去不复返了。他还再次试图在翻耕过的田地上要我们"卧倒"和"起立，快步走，前进"。我们对每道命令都执行无误，因为命令就是命令，它总是要执行的。但是我们总是慢慢悠悠地执行，以致希默尔施托斯都感到绝望了。我们从容地跪了下去，然后用两只胳臂撑着，如此等等。这时他已经愤怒地发出另一道命令了。我们还没有出汗，他的喉咙就已经喊哑了。

后来他不再打搅我们。尽管他还是一直把我们称作猪猡，但其中也还有几分尊敬。

也有许多正直的班长，他们比较理智。这些正直的班长甚至占绝大多数，不过每个人都想在家乡尽可能长久地保留他的职位，而要达到这样的目的，只能严格地对待新兵。

也许正因如此，操练场上每项军事操练，只要可能，都要我们去做，我们经常气得吼叫起来。我们中的一些人也因此生了病，沃尔夫甚至得了肺炎死去，但是如若我们就此屈服，那我们自己也会觉得可笑的。我们变得冷酷无情，好猜疑，无同情心，一心想复仇，凶残——而这也还不错，因为我们恰好缺少这些品质。如若我们没有经过那段时间的训练便被送到战壕里去，那么我们中的大多数人也许会发疯的。只有这样，我们对等待着我们的事情才会有所准备。

我们没有因此垮掉，而是适应了下来。二十岁的年纪虽然在别的一些事情上给我们造成了困难，却在这方面帮助了我们。然而最重要的是，在我们心中产生了一种强烈的、具体的、休戚与共的感觉，这种感觉后来在战场上就发展成为战争中所产生的最好的东西：同志关系！

我坐在克默里希的床边。他的身体越来越衰弱。我们周围吵吵嚷嚷的。一列运送伤员的列车开来这里，那些适合转移的伤病员一个个被挑出来。医生从克默里希的床旁走过，连看也不看他一眼。

“等下一次吧，弗兰茨。”我说道。

他抬起身子，两肘撑在枕头上。“他们截去了我的一条腿。”

这就是说，他现在已经知道了。我点点头并回答道：“你应该高兴，这样你倒可以离开了。”

他没吭声。

我继续说：“也有人两条腿都被截去，弗兰茨。韦格勒失去了右臂，那要糟糕得多。何况你还可以回家。”

他看着我：“你这么认为吗？”

“当然。”

他重复问道：“你真这么认为吗？”

“一点不错，弗兰茨。只是你手术后得先把身体养好。”

他示意我靠近一点。我朝他弯下身子，他低声说：“我不相信。”

“别胡说，弗兰茨，过几天你自己就可以看到。一条腿被截去，这有什么了不起啊。在这儿，比这更糟糕的创伤也会缝好的。”

他抬起一只手。“你瞧瞧这，这些手指。”

“这是手术引起的。你得好好吃饭，那样你就会恢复过来的。你们的伙食好吗？”

他指着一只碗，还剩下半碗东西。我激动起来：“弗兰茨，你必须吃饭。吃是主要的事情。这儿吃的东西看样子挺好的。”

他没接我的话。过了一会儿，他才慢腾腾地说：“以前我想当个森林技术管理员。”

“你还是有机会嘛，”我安慰他说道，“现在有很了不起的假肢，用这种假肢，你根本觉察不到你少了什么。假肢直接连着肌肉。接了假手，手指可以活动，人可以干活，甚至可以写字。此外，在这些方面总还会有更多的发明。”

他安安静静地躺了一会儿，随后他说：“你可以把我那双系带子的皮靴带去给米勒。”

我点点头，思索着该对他说些什么安慰的话。他的双唇刷白，嘴变大了，牙齿露了出来，仿佛是白垩做的。肌肉在萎缩，额头更加突出，颧骨耸得更高，骨骼硬是往外挤，两眼已经下陷。几个小时后，一切就都过去了。

他这样的情况，我不是第一次看到，但我们是一起长大的，因此总有些不一样。我曾经抄袭过他的作文。他在学校里通常穿一套褐色衣服，系着一根带子，上装的袖口磨得发亮。他也是我们中唯一能在单杠上做大回旋动作的人，每当他做这个动作时，他的头发就像丝一样飘到脸上，坎托雷克因此而为他自豪。但是他忍受不了香烟。他的皮肤白皙，倒有几分像姑娘。

我看看自己的靴子。靴子既大又笨重，裤腿都塞到里面去了，人一站起来，因为套着两个宽大的靴筒而显得既魁伟又强壮。但若是去洗澡，把衣服和靴子一脱，我们突然间又只有细长的腿和狭窄的肩膀了。我们不再是士兵，几乎像是小孩，人们也不会相信我们能背背包。若是我们赤裸着身子，那个时刻可真奇特，那时我们就是平民百姓，而且我们自己的感觉也几乎如此。

弗兰茨·克默里希在洗澡的时候看上去就像个小孩，既小又瘦。现在他躺在这儿，只因为什么？应该带全世界的人到这张床边来，说道：这就是弗兰茨·克默里希，十九岁半，他不想死。你们别让他死啊！

我的思绪变得纷乱了。这种石碳酸和坏疽混杂的空气仿佛是一种令人窒息的惰性液体，把肺部都堵塞了。

天渐渐暗了下来。克默里希的脸变得苍白起来，它从枕头上抬起，苍白得闪闪发光。他的嘴稍许动了动。我往他靠过去。他悄声细语地说："要是你们找到了我的表，你们就把它送回家。"

我没反对。这样做已经没有意义了。谁也说服不了他。

我因束手无策而感到难受。太阳穴已经凹陷的这个额头，仿佛仅有一副牙齿的这张嘴，这个尖尖的鼻子！而现在还在家里的那个胖乎乎的、正在哭泣的女人，我还必须给她写信。要是我已经把这封信发了出去，那有多好啊。

野战医院的护理人员拿着瓶和桶走来走去。有个人走了过来，用审视的目光朝克默里希瞟了一眼，随后又走开了。看得出来，他正在等待，很可能是需要那张床。

我靠近弗兰茨，跟他说了几句话，仿佛说说话可以救他一命似的："你也许要到克洛斯特贝格疗养院去，弗兰茨，就在一幢幢别墅中间。到那时，你可以倚窗眺望，越过田野一直望到地平线上那两棵树。现在庄稼已经成熟，是最美好的时节，傍晚田野沐浴在阳光中，看上去宛若珍珠母。还有克洛斯特河边那条白杨树林荫道，从前我们就在河中捉刺鱼啊！你可以再造个水族馆，养些鱼，你可以出去，用不着问任何人，如果你有兴趣，你甚至也可以弹弹钢琴。"

我的身子俯到他那张没入阴影的脸上方。他仍在呼吸着，很轻微。他的脸湿漉漉的，他在哭。这令人难受的情景都是因为我说了这些蠢话造成的！

"但是弗兰茨……"我搂住他的肩膀，我的脸贴到他的脸上，"你现在要睡觉吗？"

他没有回答。泪水从他的面颊上往下流。我想把他的泪水擦去，可是我的手帕太脏了。

一个小时过去了。我紧张地坐着，细心察看他脸部的每个表情，也许他还要说什么话。要是他张开嘴巴叫喊该有多好！但他只是哭，头转向一侧。他没提到他母亲和他的兄弟姐妹，他什么也没说，想当然地把一切都置于脑后了；他现在孤零零一个人，唯有那十九岁的小小生命，他哭泣着，因为这生命正在离开他。

这是我见到过的最令人不知所措、最悲伤的离别，尽管蒂基恩的情况也够糟糕的，他是个长得像熊一样的家伙，他喊着他的母亲，两眼睁得大大的，流露出恐惧的神情，手里拿着一把刺刀，不让医生靠近他的床，直到他倒下去为止。

突然，克默里希呻吟起来，开始发出呼噜呼噜的声音。

我迅速跳起来，跌跌撞撞地奔出去，问道："医生在哪里？医生在哪里？"

当我看见白大褂时，就牢牢地抓住它。"您快来啊，不然弗兰茨·克默里希就死了。"

他挣脱开，问站在旁边的一个野战医院的护理员："这是什么意思？"

他说："二十六号病床，截去了一条大腿。"

他高声训斥道："这我怎么会知道呢，我今天已经截过五条腿了！"说着他把我推开，对那个野战医院的护理员说："您去查看一下。”说完立即就往手术室跑去。

我和那卫生兵一道走着，我气得发抖。那个人看着我，说道：“从早晨五点钟开始，手术一个接着一个……疯了，我跟你说，光是今天已经死了十六个……你这一个是第十七个。肯定会有二十个……”

我感到害怕，突然感到精疲力竭。我不想再骂人了，骂也毫无作用，我真想栽倒下去，永远不再站起来。

我们站在克默里希的床旁。他已经死去。他脸上仍然被泪水弄得湿漉漉的。一双眼睛半睁开着，蜡黄蜡黄的，像是旧的角质纽扣。

那卫生兵捅了我一下。

“你要不要把他的东西带走？”

我点点头。

他继续说：“我们必须马上把他弄走，这张床我们要用。外面，他们都已经躺在过道上了。”

我收拾好克默里希的东西，取下他的身份证名牌。那卫生兵问起他的军人证。军人证不在了。我说必定在文书室里，说完就走了。在我后面，他们已经把弗兰茨拖到一块帐篷帆布上了。

一到门外，我接触到黑暗和晚风，感到像是解脱了似的。我尽可能深深地呼吸，感到吹在我脸上的微风从来没有像现在这样温暖、柔和。姑娘，鲜花盛开的草地，白云，这些思绪突然飞进我的脑海里。我穿着靴子的双脚向前移动着，我越走越快，奔跑起来。士兵们从我身旁走过，他们的谈话使我激动不安，可我却没听懂他们的话。大地流出种种力，它们穿过我的脚底板，流进我的心里。黑夜如同闪电一样发出噼噼啪啪的响声，前线宛若在举行一次鼓乐合奏，咚咚地响着，声音相当低沉。我的四肢在轻快灵活地移动着，我感到自己的关节很有劲，我呼哧呼哧地喘气，发出呼吸声。黑夜活着，我也活着。我觉得饥饿，比光是肚子饿更加强烈的一种饥饿。

米勒站在棚屋营房门口等着我。我把那双靴子给了他。我们走进去，他试了一下靴子。这双靴子他穿正合适。

他在自己储存的东西里找来找去，找出一段美味的塞佛拉香肠[1]给我。另外还有加朗姆酒的热茶。

1 用猪肉和牛肉做的一种腊肠。

第三章

我们有了补充兵员。空缺的位置填补上了，棚屋营房里的草褥很快被占据了。他们中一部分是老兵，但是派到我们这里的也有二十五个青年人，他们来自战地新兵站，差不多比我们小一岁。克罗普碰了我一下："你看到这些娃娃兵了吗？"

我点点头。我们挺胸凸肚，在场院上让人刮胡子，把两只手插到裤子口袋里，仔细打量着这些新兵，感到自己已经是像石头一样古老的老军人了。

卡特钦斯基加入了我们这一伙。我们闲荡着经过马厩，朝那些补充兵员走去，他们正好在领防毒面具和咖啡。卡特问其中年纪最小的一个："你们大概很久没有吃到像样的东西了吧，是吗？"

那个人做了个鬼脸。"早餐，甘蓝面包；午餐，甘蓝蔬菜；

晚餐，甘蓝饼和甘蓝生菜。”

卡特钦斯基熟练地吹了下口哨。“用甘蓝做的面包？你们的运气倒不错，他们已经用锯屑来做面包啰。可是，你认为白的豆子怎样，你要不要来一碗？”

那小伙子满脸通红。“你别哄我。”

卡特钦斯基只是这样回答：“你去把饭盒拿来。”

我们好奇地跟着。他带着我们走到他草褥旁边的一只桶那里。那只桶里确实装着半桶白豆煮牛肉。卡特钦斯基像位将军一样站在桶前，说道：“眼疾手快！这是普鲁士人的一句口号。”

我们感到惊奇。我问道：“好家伙，卡特，你究竟是从哪里弄来这些东西的？”

“我从西红柿那里拿来的，当时他很开心。为此，我给了他三块降落伞绸料。你瞧，白豆虽冷，吃起来却呱呱叫。”

他像恩赐似的给那年轻人盛了一份，说道：“你下次带着你的饭盒来这里时，左手要拿着一支雪茄或是一块嚼烟，明白吗？”

随后他转身对着我们。“你们当然也有份。”

卡特钦斯基是个缺少不了的人，因为他有第六感。到处都有这样的人，但是一开始没有哪个人看得出他们会是这样。

每个连都有一两个这种人。卡特钦斯基是我所认识的人中最精明的一个。我相信，他的职业是鞋匠，但这无关紧要，他什么手艺都懂，和他交朋友很好。克罗普和我，我们都是他的朋友，海埃·韦斯特胡斯也差不多可以算是他的朋友。然而，他多半是个执行的工具，因为每次遇到有什么事需要动拳头来解决，他就在卡特的指挥下去做。在这方面，他有他的优点。

例如有一天夜间，我们来到一个完全陌生的小镇，一个荒凉的小地方，一眼望去，除了墙壁，一切都被掠夺一空。我们的宿营地是一家光线昏暗的小工厂，为了驻兵，才把厂房布置了一下。厂内有床，更确切地说是床架，也就是几根又窄又长的木条，一张铁丝网绷在上面。

铁丝网硬撅撅的。没有什么东西可以当床垫，毯子要盖在身上，帐篷帆布又太薄。

卡特看看那些东西，对海埃·韦斯特胡斯说道："你跟我走。"他们走开了，去了一个完全陌生的地方。半小时后，他们又回来了，捧着一大堆麦秆。卡特找到了一个马厩，因而也就找到了麦秆。要不是饥肠辘辘的话，我们当时就可以暖和地睡上一觉了。

克罗普问一个在那一带待了有一阵子的炮兵："这儿什么地方有没有个食堂？"

那炮兵笑着说："有没有个什么啊！这里弄不到什么东

西，连面包皮都弄不到。”

“那么现在这里究竟还有没有居民？”

他使劲吐着唾沫。“有，有几个。但是他们自己都绕着每个厨房的锅台游来荡去，想讨点东西吃。”

情况不妙。那我们只好把已经勒紧的裤带勒得更紧，一直等到明天粮草送来。

然而我看到卡特已经把帽子戴上了，便问道：“你想到哪里去，卡特？”

“稍微看看这里的环境。”他悠然自得地走了。

那炮兵讥讽地奸笑着。“你去看看吧！可别因此把身体弄伤了。”

我们失望地躺下了，反复考虑是否要动用应急备用粮。但是这样做太冒险了，因此我们都试着小睡片刻。

克罗普把一支香烟折成两段，给了我一段。恰登提起他的一道所谓的家乡菜：大菜豆烧肥肉。他咒骂不用香薄荷的烹调方法。可最重要的是应把所有的东西放在一个锅里煮，千万千万不能把土豆、菜豆和肥肉分开来烧。有个人叽里咕噜地抱怨，若是恰登再不闭嘴，那么他就要把他加工成香薄荷。大房间里随即变得鸦雀无声，只有几支蜡烛在瓶颈中闪烁，那炮兵时不时地吐着唾沫。

正在我们睡眼蒙眬的时候，房门打开，卡特出现了。我以为是在做梦：他一只胳臂下夹着两块面包，一只手里提着血淋淋的一麻袋马肉。

那炮兵的烟斗从嘴里掉了下来。他摸摸面包。“千真万确，真的是面包，而且还是热的。”

卡特没有说什么。他弄到了面包，别的事都无所谓。我敢肯定，要是人家把他派到沙漠里去，他必定也会在一个小时里找到海枣、烤肉和葡萄酒，当作一顿美美的晚餐。

他简短地对海埃说：“你去劈些柴来。”

随后他从外衣下面拿出一只平底锅，从口袋里掏出一把盐，还有一块猪油——他什么都想到了。海埃在地上生起火来。空空荡荡的厂房里发出了噼里啪啦的响声。我们从床上爬了起来。

那个炮兵有些犹豫不决。他在考虑是否该说几句赞扬的话，以便分到一点东西。但是卡特钦斯基根本不去看他，完全不理他。他咒骂着离开了。

卡特知道把马肉煎嫩的方法。马肉不可以直接放到平底锅里煎，那样会变老的。应当先把它放在少许水中煮一下。我们蹲成一个圆圈，个个拿着小刀，把肚子塞得饱饱的。

这就是卡特。哪怕在一年之中，就在那么一个地方，只有一个小时的时间可以找得到一点吃的东西，那么就在这一个小时里，他也会鬼使神差似的戴上自己的帽子走出去，如同受指南针指引一样，径直奔向那个地方，找到那点东西。

各式各样东西他都找得到——天冷的时候，他能找到小炉子和木头、干草和麦秆、桌子、椅子——但首先是吃的东西。这简直是个谜，人们只好相信，他是用法术从空气中变出东西来的。他的光辉杰作是四罐头海虾，然而我们更喜欢炼好的动物油。

我们在棚屋营房有阳光的一边安顿下来休息。那里散发着焦油、夏天和脚汗的气味。

卡特坐在我身旁，因为他喜欢聊天。我们今天中午练了一个小时敬礼，因为恰登向一位少校行礼时很马虎。卡特总是忘不了这件事，他说道："你瞧，我们必定会输掉这场战争，因为我们敬礼敬得太好了。"

克罗普像鹤一样走过来，他赤着脚，裤脚卷了起来。他把自己洗好的短袜放到草地上晒。卡特望着天空，放了个响屁，若有所思地说道："一颗小小的豆子，就会发出一声响声。"

两个人开始争论起来。与此同时，他们又拿出一瓶啤酒来打赌，看正在我们上方进行的空战谁胜谁负。

卡特始终坚持自己的观点，作为前线的老兵，他又用押韵的方式说了出来："相同的工资，相同的菜饭，但愿战争早已被遗忘。"

相反，克罗普是个思想家。他建议，宣战应当成为一种民间的节日，像在斗牛时一样发售门票，要有音乐伴奏。在竞技场上，两个国家的部长们和将军们必须穿着游泳裤，手拿棍棒，相互搏斗一番，到最后谁还活着，他的国家就算胜利。这样做比这儿所进行的要来得简单，而且更好，现在是不该打仗的人在这里相互攻打。

这建议受到欢迎，随后谈话转到兵营操练上。

其间，我猛然想起一种情景。练兵场上一个酷热的中午。火辣辣的太阳挂在场地的上空。营房空无一人。一切都在沉睡。人们只能听到鼓手们在练习，他们在某个地方排好了队，正在笨拙地、单调地、无聊地进行练习。中午的酷热，练兵场和鼓手们的练习，那是怎样的一支三和弦啊！

营房的窗子空荡荡、黑漆漆的。几个窗口仍然挂着尚未晾干的斜纹布裤子。大家渴慕地望过去。那些房间里必定很阴凉。

啊，你们昏暗的、发出霉味的各班的寝室，里头摆着铁床架，铺着方格花纹的被褥，床前有窄橱和矮凳！就连你们居然也会成为渴望的目标。在前线这儿，你们甚至还有故乡那种带有传奇色彩的痕迹，你们的房间充满着久放变味的食物、睡眠、烟雾和衣服的气味！

卡特钦斯基怀着巨大的激情绘声绘色地把它们描述了一

番。要是能够回到那里，我们还有什么东西不愿意给啊！因为我们的思想已经完全不敢再向前迈出一步了……

你们早晨的训练课——“九八式步枪分成哪些部分？”——你们下午的体操课——“钢琴演奏者向前站。右转弯向前跑。你们到伙房报到，去削土豆皮！”……

我们沉浸在回忆中。克罗普突然笑了起来，说道：“在勒内[1]换车。”

这是我们的班长最喜欢的游戏。勒内是个铁路中转车站。为了使我们休假的人在那里不致迷路，希默尔施托斯和我们就在营房寝室里练习换车。他要我们熟悉，在勒内要穿过一条地道才能找到联运列车。我们的床就当作地道，每个人就在自己床的左侧立正。然后命令下达了：“在勒内换车！”于是仿佛闪电一样，人人从床下方爬到另一侧去。这玩意儿，我们一练就练了一个小时。

其间，那架德国飞机已经被击落。它像一颗彗星一样，拖着一条浓浓的烟雾，栽了下去。克罗普因此输了一瓶啤酒，闷闷不乐地掏出他的钱。

“希默尔施托斯当邮差时肯定是个谦和的人。”阿尔贝特的失望情绪消失后，我才说道，“怎么当上了军士就变成这样

---

1 德国北莱茵—威斯特法伦州的一座城市。

一个虐待狂呢?”

这问题又使克罗普活跃起来。“不仅希默尔施托斯是这样,这样的人多得是。他们军服上一有了金银丝绶带,有了一把军刀,就变成完全不同的人了,仿佛吃了混凝土似的。”

“那是军服造成的。”我揣测道。

“大概是这样,”卡特说,他舒舒服服地坐着发表长篇大论,“但是原因不在这里。你看,如果你训练一只狗吃土豆,随后你扔给它一块肉,它会不顾训练就去抓那块肉,因为这是它的天性,而如果你给一个人一点权力,那么他同样会这么做,他会抓住那一点权力。这是不言而喻的,因为人本来就首先是一头牲畜,后来也许就像涂上黄油的夹肉面包片一样,身上涂上了一些道貌岸然的油彩罢了。军队的基础就在于,一个人总是可以对另一个人发号施令。之所以糟糕,是因为每个人拥有太多的权力:一个军士可以折磨一个士兵,一个少尉可以折磨一个军士,一个上尉可以折磨一个少尉,可以折磨到被折磨者发疯。就因为他们知道可以这么做,因此他们对这么做也立即习以为常了。只说最简单的一件事:我们从练兵场回来,都已经疲惫不堪,可这时又来了个命令:‘唱歌!’好吧,大家就无精打采地唱起来,这样倒也不赖,至少可以扛着步枪拖着脚步往前走,可全连却又突然向后转,被罚操练一个小时。在回头行进时,又发出命令:‘唱歌’,于是又唱了起来。

这一切究竟有什么目的呢？连长坚持按自己的意图办事，就因为他有权力。谁也不会责备他，相反，他会被视为严格的人。这不过是小事一桩，谈到折磨人，他们有的是手段。我现在问你们：一个人想做平民，那他尽可以做，可他要从事何种职业才可以为所欲为又不会被人打破鼻子呢？只有在军队里他才可以这么做！你们瞧，这都灌输到每个人的头脑里去了！越是没有发言权的老百姓，灌输到他头脑里去的这种东西也越多。”

“他们会说，要有纪律啊。”克罗普漫不经心地说。

“理由，”卡特抱怨道，“他们有的是。纪律当然是要的，但是不能故意刁难。要人按你说的办，你得给人讲清楚，不管是钳工还是雇工，还是工人，都得把道理讲清楚，对士兵也要讲清楚，因为这里大多数都是这样的普通人。他只是看到，自己受了折磨并来到前线，他很清楚，什么是必要的，什么不是。我告诉你们，这样的普通士兵能在前线这儿坚持下去，真是了不起！真是了不起！”

每个人都表示赞成，因为大家知道，只有到了战壕，操练才会停下来，但在离前线只有几公里的地方，操练又重新开始了，而且是练最无聊的动作：敬礼和分列行进。因为这是一条铁的法则：士兵无论如何总要有事做。

这时候，恰登满面红光地走了过来。他激动得连说话都结巴了。他容光焕发地一个字一个字地说道:“希默尔施托斯正走在半路上。他到前线来了。”

恰登对希默尔施托斯恨之入骨,因为希默尔施托斯在棚屋营房里总是以自己的方式来教育他。恰登患有遗尿病,夜里睡觉时就会尿床。希默尔施托斯硬是武断地说他懒惰,并且找到了自以为是的方法来治疗恰登的病症。

他花了很大的劲才从隔壁营房里找到另一个患遗尿病的人,此人名叫金德尔法特。他安排他和恰登睡在一起。棚屋营房里摆的是普通的双层床,上下两个铺位,床面是铁丝网。希默尔施托斯把两人安排在一起,一个睡上铺,另一个睡下铺。睡下铺的当然够呛,因此,第二天晚上两个人就对换一下,原来睡下铺的睡到上铺,以便报复。这就是希默尔施托斯的自我教育法。

这个主意很卑鄙,但是想法倒还不错。可惜它毫无用处,因为其先决条件不对头:两个人都不懒惰。任何人看一看他们灰白的皮肤,便可以看出这点。事情往往以两人中的一人睡到地板上而告终。这样一来,他就很容易受凉。

其间,海埃也坐到我们旁边。他对我们眨眨眼,凝神地搓了搓手。我们曾一道经历过我们军队生活中最美好的一天。那就是我们开赴前线的前一天晚上。我们被分配到一个团里，该团部的门牌号码数字很大。但是我们首先被送回到卫戍部队去穿上制服，当然不是回新兵驻地，而是到另一个兵营去。第二天清晨我们必须出发。晚上我们准备跟希默尔施托斯算账。几个星期来，我们一直发誓要这么干。克罗普甚至想得更远，他下定决心，要在战争结束后到邮政部门工作，以便以后在希默尔施托斯又当邮差时做他的上司。他沉浸在自己如何教训他的种种幻想中。正是由于这些畅快的幻想，他才没能叫我们屈服。我们始终在盘算着，我们总有一天要狠狠地教训他一次，最晚到战争结束的时候。

眼下，我们决定要痛打他一顿。要是他认不出是我们，反正明天清晨就要出发了，能有什么事呢。

我们知道他每天晚上在哪一家小酒店泡着。他从那里回营房，一定要走过一条黑黢黢的、两旁无建筑物的马路。我们就埋伏在一堆石头后面等他。我随身带着一条床单。因为不知道他是否单独一人，所以我们等得直发抖。后来，我们终于听到了他的脚步声，这声音我们很熟悉，每天早晨都会听到，紧接着门就打开了，同时“起床！”的吼叫声也响了起来。

“一个人吗？”克罗普悄声问道。

“一个人！”我和恰登蹑手蹑脚地绕着那堆石头走来走去。

希默尔施托斯的腰带扣闪闪发光。他似乎略有醉意，唱着歌。他毫无思想准备地走过来。

我们拿着那条床单，轻轻一跳，从后面把床单罩到他头上，随后把床单往下拉，于是他就像裹着一只白口袋那样站着，两只胳臂没法举起来。歌声随即停止。

紧接着海埃·韦斯特胡斯来了。他张开双臂，把我们向后推，以便第一个下手。他开开心心地摆开架势，举起一只胳臂，活像举起一根信号杆，手犹如煤铲一样，啪的一声对准那只白口袋狠狠一击。就算是头公牛，挨这一拳也会被打死。

希默尔施托斯被打得翻了好几个跟头，到五米远才停住。他开始吼叫起来，但是我们早就准备好了，我们随身带了个枕头。海埃蹲下去，把枕头放到膝盖上，抓住希默尔施托斯的头所在的部位，把他的头往枕头上猛压。他的叫声立即低了下来。海埃时不时地让他吸一口气，于是他从咕噜声中又发出一声非常响亮的叫喊,然而这声音立即又变低沉了。

恰登此时解开希默尔施托斯的吊裤带,把他的裤子拉了下来。他的牙齿紧紧地咬着一根鞭子。随后他站立起来,开始动起手来。

那是一幅美妙的图画:希默尔施托斯躺在地上,海埃脸上露出魔鬼般的狞笑,心满意足地张大嘴巴,俯到希默尔施托斯的身子上方,把希默尔施托斯的头搁在他膝盖上,随后,每抽一下鞭子,在已被拉下来的裤子里,腿就在颤动着的条纹衬裤里做出最为奇特的动作,而在这上方,是活像一个伐木工人的不知疲倦的恰登。最后,我们不得不干脆把他拉开,好让自己也轮得上。

海埃终于让希默尔施托斯重新站立起来,作为结束,他单独给了他一次教训。他仿佛要摘下星星似的,伸出他的右手去打了他一记耳光。希默尔施托斯立即倒在地上。海埃又把他扶起来,站在那儿做好准备,用左手极其准确地狠掴了他第二下。希默尔施托斯哀号一声,四肢着地,爬着逃走了。他那带条纹的臀部在月光下闪闪发亮。

我们飞奔着消失了。

海埃再一次环顾四周,压抑着愤怒,既心满意足,又带着几分神秘意味地说:“报仇就是猪肉、猪油丁和猪血做成的黑香肠。”

希默尔施托斯理应感到高兴，因为他所说的一个人总要由另一个人来教育这句话，在他自己身上已经结出了果实。我们已经深得他那些方法的精髓。

他从未打听出来，这件好事应归功于谁。无论如何，他从中赚到了一条床单，因为几个小时后，我们再回去寻找时，那床单已经无影无踪了。

隔天晚上发生的事就成了我们第二天早晨能比较轻松地出发的原因。有一个蓄着大胡子的人还因此激动万分地称我们是英雄青年呢。

第四章

我们必须去前沿筑工事。天黑下来时，卡车开来了。我们爬了上去。那是个暖和的夜晚，暮色宛如一大块布，在它的保护下我们备感惬意。它让我们联系在一起，连那个吝啬的恰登也送给我一支香烟，还把火给了我。

我们一个靠一个站着，紧紧地靠在一起，没有哪个能坐下来。我们也没有那样的习惯。米勒的情绪终于好了起来，他穿上那双新皮靴了。

马达隆隆地响着，卡车咯吱咯吱地、嘎嘎地向前行驶。道路损坏严重，到处都坑坑洼洼的。一路上不许发出一点亮光，因此我们总是随着车子咕隆咕隆的响声而颠簸着向前，差点从车上摔了下来。不过，那倒没有使我们感到不安。会发生什么事呢？折断一条胳臂总比肚子上被打出一个洞来得好，有些人还真是盼望有这样一个好机会可以回家。

在我们旁边，一长列运送军火的车队行驶着。那些司机急于赶路，常常超过我们。我们对他们开玩笑，他们也笑着回答。

一堵墙壁逐渐映入眼帘，它属于离道路稍远一点的一栋房屋。我突然竖起耳朵细听。难道我搞错了？我又清楚地听到了鹅的叫声。我对卡特钦斯基投去一瞥，他也回了我一瞥。我们相互理解。

“卡特，我听到那边有个要跑到饭盒里来的候补者。”

他点点头。“我们回来时再处理。这里我熟悉。”

当然，卡特是熟悉的。可以肯定的是，在方圆二十公里内，每只鹅腿他都了如指掌。

卡车到达了炮兵阵地。为了不让敌机飞行员发现，那些火炮发射阵地都用灌木伪装起来，看上去仿佛是军队在过住棚节[1]。假如藏在里面的不是大炮，这些凉亭看上去必定妙趣横生，和平而且宁静。

这儿的空气由于大炮的硝烟和弥漫的浓雾而显得灰蒙蒙的。人们嗅到这种火药烟雾，舌头上总有苦味。排炮轰鸣着，震得我们的卡车直颤动，紧接着回声滚滚而来，一切都在摇来晃去。我们的脸在不知不觉中变化着。虽然我们无须到战壕

1 犹太人的收获节，节日期间搭建草棚住在里面起居。

里去，只是在筑工事，但每张脸上的神情都是：这儿就是前线，我们已经到达它的范围之内了。

这并不是恐惧。像我们这样经常开赴前线的人，都已经无动于衷了。只有年纪小的新兵才会激动不安。卡特教导他们："那是30.5口径的大炮。你们听到的是发射的声音，爆炸的声音马上就到。"

但是炮弹爆炸的沉闷回响声并没有传过来。它已经在前线的嘈杂声中被淹没了。卡特侧耳倾听着："今天夜里炮火十分猛烈。"

我们大家都倾听着。前线很不宁静。克罗普说道："英国兵已经开炮了。"

炮轰声可以听得清清楚楚。那是英国炮兵连，就在我们这个地段的右侧。他们提前一个小时开炮。他们以往总是十点整才开始向我们发动炮击。

"他们究竟是怎么想的？"米勒大声说道，"他们的钟表大概都走快了。"

"会有一场猛烈的炮击，我告诉你们，我骨子里头都已经感觉到了。"卡特耸了耸肩膀。

三发炮弹在我们旁边发出隆隆声。火光斜射入夜雾，大炮轰鸣，隆隆地响着。我们冷得发抖，但是一想到明天早晨我们又可以回到棚屋营房里，大家便高兴起来。

我们的脸既不比往常苍白，也不比往常红润；既不更紧张，也不更松弛，但是它们确实变了样。我们感觉到，在我们的血液里，有个触点一下子接通了。这不是空话，这是事实。那是前线，是前线的意识，是它接通的。在第一批榴弹呼啸着、空气被火炮轰击撕碎的那一瞬间，在我们的血管里，在我们的双手里，在我们的眼睛里，突然出现了一种为躲避打击而低下头的等待，一种焦躁的期待，一种更为强烈的警惕，一种非同寻常的感官的敏感度。我们的身体同样一下子做好了充分的准备。

我常常感觉到，仿佛那就是震荡的、颤动的空气，它毫无声息地震了一下朝着我们扑来；又仿佛是前线本身，一股电流从它那里射出，把无名的末梢神经也动员起来了。

每次情况都一样：我们出发时，都是闷闷不乐或情绪良好的士兵；随后面对第一个火炮发射阵地，我们谈话中的每个词所发出的音调就随即改变。

当卡特站在棚屋营房前说“今天夜里炮火十分猛烈”时，那不过是他一个人的看法，不是别的；但如果他是在这儿说这句话，那么这句话就像月光下的刺刀那样锋利，能直接刺穿我们的思想，它更加亲切，并以一种隐晦的词义对着在我们心中苏醒过来的这个无意识说出来：“今天夜里炮火十分猛烈。”也许这就是我们藏得最深的、最秘密的生活，它正颤动着，并奋起抵抗。

对我来说，前线是一个令人毛骨悚然的漩涡。即使站在平静的水中，离漩涡的中心还很远，我也已经感觉到它的吸力正在缓慢地、无法逃脱地、抗拒不了地把人吸过去。

但是，种种抵抗的力量正从大地上、从空气里——绝大部分是从大地上——朝着我们涌来。大地对于任何人都没有像对于士兵那样具有如此重要的意义。当他久久地、有力地紧贴着它时，当他在面对炮火的极大恐惧中，把他的身体连同脸和四肢深深地埋在它怀里的时候，那么它就是他唯一的朋友、他的兄弟、他的母亲；他把自己的恐惧和叫喊发泄到它的沉默和安谧中，它把它们接收了，打发他再次奔跑十秒钟，即让他再活十秒钟，然后再抓住他，有时则是永远地把他抓住了。

大地——大地——大地！

大地，连同你的地层褶皱、洞孔和坑洼，人们可以纵身跳进去，可以蹲伏下来！大地，在恐怖的痉挛中，在毁灭的喷射中，在爆炸时的垂死号叫中，你给了我们重新得到的生命一种巨大的抗拒力！我们的存在几乎被疯狂的风暴撕碎，却又从你那里经过我们的双手流回来，于是我们这些被拯救的人埋入你的怀里，度过那一刻后，我们默不作声，在心有余悸的幸福中，我们用嘴唇去咬你！

听到榴弹的第一次轰鸣声，我们自己存在的那一部分猛地一下子倒退了数千年。那就是在我们心中苏醒过来的动物的本能，它指导着我们，保护着我们。它并非是意识到的，它比意识快得多，可靠得多，更不会失误。谁也无法解释清楚。一个人在走着，什么也没想——突然，他就扑到一个土坑里，弹片从他身子上方飞过去，但他就是想不起来，他是不是已经听到榴弹飞过来，还是已经想到自己要往那里卧倒。若非凭本能行动，他早已成了一堆肉酱。正是另一种，即我们身上的一种有预见的嗅觉，促使我们扑倒下去并救了我们一命，而我们自己却不知道是怎么一回事。要是没有那种嗅觉，那么从佛兰德[1]到孚日[2]早就没有人活着了。

我们出发时是闷闷不乐的或心情很好的士兵。我们来到前线开始的地带，于是我们就变成了具有人形的野兽了。

我们进入一片稀疏的树林。我们经过流动战地厨房。过了树林，我们下了车。卡车便开回去。明天黎明前它们再来把我们接走。

夜雾和硝烟笼罩着草地，有胸部那么高。月亮照在上面。部队在公路上行进。钢盔在月光中闪烁，反射出淡淡的亮光。

---

1 比利时地名，在比利时西部。

2 法国地名，在法国东部。

人头和步枪突出在白茫茫的夜雾上面，那些人头仿佛在点着头，步枪枪管在晃动。

再往前走，雾停了。在这儿，人头有了形状，上衣、裤子和皮靴从雾中显露出来，仿佛从一个牛奶池里冒出来似的。他们形成了纵队。纵队向前行进，一直向前，这些人形汇合成一个楔子，再也看不清楚一个个的人了，只是一个黑乎乎的楔子在向前移动，雾海中游过来的人头和步枪，更是奇特的景象。是一个纵队，不是许许多多的人。

轻型大炮和弹药车在一条横向马路上行驶。马匹的背部在月光中闪烁，它们动作优美，摇头晃脑，人们可以看到它们的眼睛在闪闪发光。大炮和车辆在月夜景色那模模糊糊的背景前面滑过，头戴钢盔的骑马人看上去俨然是古代的骑士，真是美丽动人。

我们奔向工兵库房。我们中的一部分人把又弯又尖的铁桩扛在肩膀上，另一部分人用光滑的铁棍穿起一卷卷铁丝网，扛着它们一道开拔。这些负担既沉重又让人不舒适。

地面越来越坑洼了。从前面传来了警告："注意，左边有深弹坑"……"小心，有沟"。

我们紧张地张望着，我们的脚和拐棍先探探路，然后才承受起整个身子的重量。队伍突然停止前进，有人的脸撞到走在前面那个人扛着的铁丝网上，于是骂了起来。

几辆被击毁的车子躺在马路中间。又一道命令传下来：“把香烟和烟斗熄掉。”——我们已接近战壕了。

这时候，四周一片漆黑。我们绕过一片小树林，不一会儿前线地带就出现在我们眼前。

一抹变幻不定的微红色亮光贴在地平线上，从这一头到另一头。它不断地运动着，炮口里冒出的火焰不时在前面掠过。一个个光球高高地升到它的上方，那是银色和红色的光球，它们在上面爆炸，成了白色的、绿色的和红色的星星，雨点般坠落下来。法国的火箭射了上去，它们在空中展开绸制的降落伞，徐缓地飘到地面。它们把一切照耀得如同白昼，它们的光一直射到我们这里，我们看到了自己的影子轮廓鲜明地投在地面上。它们飘浮了数分钟之久，然后就熄灭了。新的光球又立即高高升起，到处都是，其间又有绿色的、红色的和蓝色的星雨洒落下来。

"轰炸。"卡特说道。

大炮密集的发射汇合成一声低沉的隆隆轰鸣,随后又分裂成一组组的爆炸。机关枪单调的排射发出咯咯的响声。我们头顶上的空气也充满着看不见的追逐、号叫、呼吼和嘶啸。那都是比较小的炮弹,然而还有大口径重炮夹杂在它们中间,像风琴一样地奏鸣,它们的炮弹划破夜空,落在我们后面很远的地方。它们像发情的公鹿一样,从远处发出一种沙哑的吼叫,高高地越过比较小的炮弹的号叫和呼啸,顺着自己的轨道飞去。

探照灯开始搜索黑茫茫的夜空。它们的灯光向空中滑去,宛若一把把巨大的、一端变得越来越细的直尺。有一道探照灯光停住了,稍微颤了一下。第二道探照灯光立即靠到它旁边,它们相互交叉起来,一只黑色的昆虫在它们中间被捉住了,还试图逃脱:那是一架飞机。它变得惊慌失措,被照得晕头转向,摇摇晃晃。

我们把铁桩打入地里,铁桩与铁桩之间保持一定的距离。每一组总是两个人拿着一卷铁丝网,其他人把铁丝网展开。这讨厌的铁丝网带有密密麻麻的、长长的尖刺。我没做惯把铁丝网展开的活,因而手给划破了。

几个小时后,我们干完了这种活。但是我们还得等一阵子，卡车才会来到这里。我们中的大多数人就躺下来睡觉。我也想试试。然而天气变得太冷了。大家发觉，我们已经靠近海边，一个人往往会被寒气冻醒的。

有一次我睡得很熟，突然一下子惊醒时，竟不知道自己身在何处。我看到星星，看到火箭，一瞬间产生了这样一种印象：自己是在花园里参加庆祝活动时睡着了。我不知道那是早晨还是夜晚，我躺在朦胧的灰白色摇篮里，等待着必定会说出来的温和的话语，既温和又令人舒适——我在哭吗？我揉揉眼睛，多么奇特，难道我是个小孩吗？柔软的皮肤。这只持续了一秒钟时间，然后我认出了卡特钦斯基的侧影。他安静地坐着，那个老兵，还在抽着烟斗，当然是一支有盖的烟斗。当他发觉我醒过来时，轻描淡写地说道："你想必是大吃一惊了。那不过是个引爆装置，掉到那边灌木丛里了。"

我坐了起来，感到特别孤独。幸好卡特在这儿。他沉思着望向前线，说道："要不是这样危险的话，那倒是极美的焰火。"

我们的后面被击中了。几个新兵吓得跳了起来。几分钟后，这儿又遭到了炮击，这次比先前更近。卡特敲掉烟斗里的烟灰。"马上会有猛烈的炮击。"

炮击真的开始了。我们尽可能快地匍匐着躲开。接下来一颗炮弹正好落到我们中间。有几个人喊叫起来。地平线上升起绿色的火箭。泥土高高飞起，弹片嗖嗖作响。爆炸声停止后好一会儿,仍然可以听到它们啪嚓的响声。

在我们身旁,躺着一个被吓坏的新兵,一个头发淡黄的年轻人。他两手捂着脸,钢盔已经掉了。我摸着把它捡起来,想把它戴到他头上。他抬头看看,把钢盔推开,像个小孩一样抱着头爬到我的胳臂下方,紧贴到我胸前。他那狭窄的肩膀颤动着。那肩膀跟克默里希的完全一样。

我满足了他。但是为了能让钢盔好歹起点作用,我就把它戴到他的屁股上,这并不是恶作剧,而是考虑到那是他最突出的部位。那里固然有肥厚的肉,可子弹打进去也会疼得够受,此外还得在野战医院里待上几个月,俯伏着身子躺着。差不多可以肯定,以后走起路来会一瘸一拐的。

某个地方有人遭到了痛击。爆炸声间歇时,可以听到人的号叫声。

响声终于静了下来。炮火从我们的头顶上掠过,此时正落到最后面的后备军战壕里。我们冒险瞥了一眼。红色火箭在天上飞舞。可能很快就会有一次进攻。

我们这里仍然很平静。我坐起来,摇摇那个新兵的肩膀。"已经过去了,小家伙!又顺利地过了一次。"

他惘然若失地环顾四周。我对他说:"你很快就会习惯的。"

他发现了自己的钢盔,就把它戴在头上。他慢慢地恢复过来。突然他脸涨得通红,表情十分困惑。他小心翼翼地把手伸向屁股，痛苦地看着我。我立即明白：这是枪炮胆怯症。我本来也不是因此才把钢盔往他屁股上戴的——但我还是安慰他："这并不丢脸，此前有许多人在遭受炮火袭击后，也是弄得满满一裤子啊。你快到那灌木丛后面去，把你的衬裤脱下来扔掉。事情就完了……"

他羞愧地快步走开。四周更静了，但是号叫声并没停止。"发生了什么事，阿尔贝特？"我问道。

"那边有几个纵队被炮火打惨了。"

号叫声仍然没有停止。那不是人发出的声音，人不可能号叫得这么可怕。

卡特说道："那是受伤的马。"

我从未听到过马的号叫，几乎不敢相信。这是世界的不幸，那是遭受折磨的生物，一种剧烈的充满恐怖的痛苦呻吟。我们脸色惨白。德特林站了起来。"屠夫，屠夫！你们用枪把它们打死吧！"

他是庄稼人，非常喜爱马。这件事使他很伤心。此时炮火几乎停止了，仿佛是故意似的。这些牲畜的号叫声显得更加清楚。谁也不知道，在这个寂静的银色世界里，这声音究竟是从哪里来的，幽灵一般，于天地之间无处不在却又隐而不现，并且还在无限地增强。德特林发怒了，吼叫道："你们用枪把它们打死，把它们击毙，真该死！”

“他们得先把人照应好。”卡特说。

我们站起来，看看到底是在哪里。要是能看到那些牲畜，也让人好受些。迈尔有一架望远镜。我们看到黑乎乎的一群卫生兵抬着担架，看到黑压压的更大的一团团东西在移动。那就是受伤的马，但并非全部都是。有几匹马继续往远处奔去，跌倒了，又继续奔跑。有一匹马肚子破了，肠子长长地拖出来。它自己被这东西缠绕住，跌倒了，可是又站立起来。

德特林举起步枪瞄准。卡特把枪口推向空中。“你疯了吗？”

德特林颤抖着把枪扔到地上。

我们坐下来，捂住耳朵。但是这种可怕的悲鸣、呻吟和哀嚎还是钻了进来，从四面八方穿透进来。

我们差不多对任何事情都能忍受，但在这里我们却冒出一身汗。我们真想站起来跑开，不管跑到哪里，只要再也听不到号叫声就行。可这并不是人，而是马。

又有担架从那黑乎乎的一团里被抬走了。随后响起几声刺耳的枪声。那一团团的东西颤动起来，变得扁平了些。终于等到了！可是还没完。人们追不上那些惊恐逃窜的伤马，它们张大嘴巴，痛苦万状。一个人跪了下来，开了一枪，一匹马倒下去，接着又开了一枪。另一匹马用两只前蹄支撑着，身子直转圈，宛若游乐场里的旋转木马，它蹲在那里，身子支撑在两条前腿上打转，它的背部很可能已经被打烂了。那士兵跑过去，对它开了一枪。它慢慢地、屈从地滑倒在地上。

我们把手从耳朵上移开。号叫声已经平息。只有一声拖长的、渐渐消失的叹息仍然在空中回荡。后来就又只有火箭、榴弹的歌唱和星星在那里——那是一种近乎奇特的感觉。

德特林边走边骂："我倒很想知道，它们究竟犯了什么罪。"过了一会儿，他又走过来。他的声音很激动，同时又很郑重。他说："我跟你们说，让牲畜参加战争，这是最最卑鄙的勾当。"

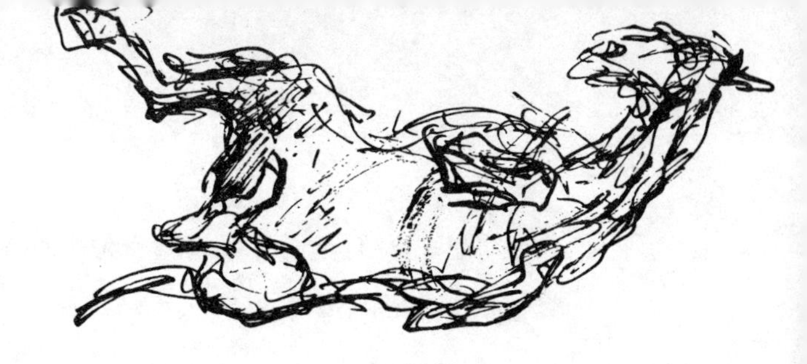

我们朝后方走去。该是我们乘卡车的时候了。天空稍许亮了些。这时是凌晨三点。风既清新又凉爽，这灰暗的时辰让我们的脸也变灰暗了。

我们成一列纵队摸索着向前行进，经过一条条壕沟和一个个弹坑，又到达迷雾笼罩的地带。卡特钦斯基心神不定，这不是个好兆头。

“卡特，你怎么啦？”克罗普问道。

“我多想一下子就到家了。”家——他指的是棚屋营房。

“要不了多久的，卡特。”

他有些烦躁。

“我不知道，我不知道……”

我们走进交通壕，后来又走到草地里。小树林出现了，我们熟悉这儿的每一寸土地。那边就是猎人公墓，坟丘遍布，竖着一个个黑色的十字架。

在这一瞬间，我们身后响起了一种咝咝声，声音逐渐增强，变成了爆裂声和雷鸣的隆隆声。我们弯下身子——在我们前面一百米处，一团火焰射向空中。

约莫过了一分钟，又开始了第二次轰击，一部分树林缓慢地升到树梢上方，三四棵树一道飞了上去，随后破裂成碎片。跟着飞来的榴弹犹如锅炉的阀门一般发着咝咝声——猛烈的炮火。

“隐蔽！”有人大声喊道——“隐蔽！”

草地平坦，树林又太远，也不安全；除了公墓和坟丘，就没有什么地方可以隐蔽了。我们在黑暗中跌跌撞撞地走了进去，每个人都立即找了个坟丘贴在后面，像是吐到上面的一口痰。

说时迟，那时快，黑暗简直发疯了。它如同狂怒的波涛在汹涌翻滚。比黑夜更黑的黑暗弓着巨背咆哮着朝我们奔来，越过我们头顶疾驰而去。炮弹爆炸发出的火焰照亮了整个公墓。

没有地方有出路。我在榴弹的亮光中对草地看了一眼。草地就像汹涌的海洋，炮弹喷出的火焰宛如喷泉一般腾起。要想越过这片草地都是不可能的。

树林消失了，它被炸烂，撕破，撕碎。我们只好待在公墓这儿。

大地在我们前面爆裂了。土块雨点般撒落下来。我感觉被猛地碰了一下。我的衣服袖子被一块弹片撕开了。我握紧拳头。没有疼痛。然而我并不放心，伤口总是后来才会疼痛的。我很快摸了一下胳臂。它被擦伤了，但还是完好的。就在这时，我的脑袋被猛击了一下，我的知觉随即渐渐模糊起来。我头脑中像电光一样闪现了一个念头：千万不要昏倒！我沉在黑色的黏糊状态中，可立即又升了上来。刚才是一块弹片砍到了我的钢盔上，多亏它是从老远的地方飞来，所以才没能打穿。我揩去眼睛里的泥土，模模糊糊地辨认了出来，原来我面前炸开了一个坑。炮弹是不大会落到先前炸开的坑里的，因此我想躲进去。我猛地向前跳了好远，活像一条鱼平伏在地上。这时又响起了嗞嗞声，我迅速朝前爬过去，伸手去抓东西来掩盖身体，在左边触到了某样东西，就往它旁边紧贴过去。那东西让步了，我呻吟着，大地崩裂了，大气压力在我耳朵里

发出雷鸣般的响声。我爬到那让开的东西下面，把它往自己身上盖，那是木头，是布，是掩蔽物。掩蔽物，是用来躲避向下飞来的弹片的可怜的掩蔽物。

我睁开眼睛，我的手指抓到一只袖子，一条胳臂。是个伤兵吗？我对他叫喊，没有回答——是个死人。我的手继续往前摸，摸到碎木头片，这才想起来，我们是在公墓里。

但是炮火比任何一切都更厉害。它把意识都消灭了，我往棺材底下爬，让它来保护我，虽然死神自己也躺在里面。

我面前出现了弹坑。我用眼睛打量它，宛若用拳头抓住它。我不得不纵身跳进去。在那里我挨了一记耳光，一只手抓住我的肩膀。是不是那死人又活过来了？那只手摇摇我，我把头转过去，在转瞬即逝的火光中我紧盯着卡特钦斯基的脸，他的嘴张得大大的，在大声喊叫，我什么也没听见，他摇摇我，朝我靠近。在炮火暂时停止的一瞬间，他的话音传到了我的耳朵里："毒……毒……毒气，毒气……毒气！把话传过去！"

我伸手把防毒面具抓过来。离我不太远处躺着一个人。

我别的什么都不想，只想到这件事：必须让那边那个人知道：“毒……毒……毒气，毒气……毒气！”

我喊着，往前靠过去。我用防毒面具套朝他打去，他没有发觉，我一次又一次朝他打去，他只是把头低下去，原来他是个新兵。我绝望地看看卡特，他已经戴上防毒面具了，我也把我的防毒面具拿出来，我的钢盔滑向一边，面具就戴到了我的脸上。我靠近那个人，离我最近的是他的防毒面具，我拿起面具，推到他的头上，他这才明白过来。我松开手，纵身一跳，就落进弹坑里了。

毒气弹沉闷的爆炸声和高爆炸弹的爆裂声混杂在一起。钟声也夹杂在爆炸声中，锣声和金属器具的响声向四面八方

发出警告：毒气，毒气，毒气！

在我后面有人扑通跳下来，一次，两次。我擦去防毒面具镜片上的水汽，看到是卡特、克罗普和另外一个人。我们四个人一起躺着，怀着沉重的、焦急等待的紧张心情，尽可能轻微地呼吸。

戴上防毒面具的最初几分钟，决定着生死存亡：它是不是密封，毒气透不进呢？我在野战医院里看见过可怕的情景：中了毒气的病员一连数天都觉得透气非常困难，把烧伤的肺一块一块地咳出来。

我小心翼翼地把嘴紧压到弹药筒上呼吸。这时毒气缓缓地蔓延到地面上，并沉降到所有的坑坑洼洼里。它犹如一只柔软的巨大水母游到我们的弹坑里，懒洋洋地在里面舒展四肢。我轻轻地碰碰卡特；最好是爬出去，躺在上面，不要待在这儿毒气集聚得最多的地方。但是我们来不及这么做，第二次雨点般的炮击开始了。这一次仿佛不再是炮弹在轰鸣，而是大地本身在狂怒了。

啪的一声响，一个黑乎乎的东西朝我们飞了过来。它就落在紧靠我们身旁的地方，那是一口被高高抛起的棺材。

我看到卡特动了动，便爬了过去。那口棺材正巧打在我们这个坑里第四个人的一条伸出来的胳臂上。那个人试图用另一只手把他的防毒面具拉下来。克罗普及时采取行动，使劲地将他那只手反扭到他背后,按住它不放。

卡特和我走过去,把那只受伤的胳臂拉出来。棺材盖松动了,随即裂开,我们很容易就把它掀掉了,将尸体倒了出去,它慢慢地往下滑,随后我们试着去松开棺材的下部。

多亏那个人已经失去了知觉,而且阿尔贝特又能帮助我们。我们再也无须那么小心谨慎,一个劲儿地干起来,把铲子用力往下插,直到那棺材发出吱吱声松开为止。

天色变得更亮。卡特拿了棺材盖的一块断板,把它放到那条被炸伤的胳臂下面,我们用自己所有的绷带把它和胳臂勉强地包扎在一起。别的事情,眼下我们无能为力。

我的脑袋在防毒面具里嗡嗡、隆隆地响着,几乎要炸开了。我的肺疲惫不堪,它一再吐出灼热混浊的气息,我的太阳穴青筋都暴出来了,我以为自己要窒息了。

灰蒙蒙的光缓慢地朝我们透过来。风在公墓上吹着。我吃力地挪动身子,从弹坑里爬了出来。在污浊昏暗的晨光中,一条被炸断的腿横在我面前,长筒靴完好无损,此刻所有这一切我都看得一清二楚。但是就在这时,有个人在几米远的地方站了起来,我擦了擦防毒面具上的镜片,可由于我太激动,它们立即又蒙上了一层雾气,我透过镜片看过去,那边那个人已经不戴防毒面具了。

我等了几秒钟。那个人没有昏倒,他仿佛在寻找什么似的朝四周观看，走了几步。风已经把毒气驱散，空气清爽了，我的喉咙里因呼吸困难而发出了呼噜声，我也把防毒面具拉下来，跌倒在地。空气宛如冷水一样流入我的身体，我的眼睛仿佛要炸开似的。那气流把我淹没了，我眼前一黑，就失去了知觉。

炮击已经停止。我转向弹坑，向其他人招手。他们爬了上来，也把防毒面具拉了下来。我们把那个受伤的人抬起来，有个人托着那只上了所谓夹板的胳臂。我们就这样跌跌撞撞地急忙走开了。

公墓已经成了一片废墟。棺材和尸体撒得到处都是。他们又被杀死了一次，可是每一具被炸得粉碎的尸体，都救了我们中一个人的命。

篱笆全部被毁，那边的轻便铁路路轨被掀了起来，形成一个个高耸的拱形伸向天空。我们的前面躺着一个人。我们停了下来，只有克罗普陪同那个受伤的人继续往前走。

躺在地上的那个人是个新兵。他的臀部血迹斑斑，已经精疲力竭，我只好伸手去拿我那个盛着朗姆酒和茶的军用水壶。卡特把我的手抓回来，朝他俯下身去。“伙计，你伤在哪里？”

他眼珠转动了一下。他实在太虚弱，没力气回答。

我们小心翼翼地撕开他的裤子。他在呻吟。“安静，安静，这样会好些……”

若是他腹部受了枪伤，那他什么也不能喝。他没有呕吐，情况比较有利。我们把他的臀部裸露出来。那是一团肉酱和碎骨头。他的关节被击中了。这个小伙子今后永远不能再走路了。

我用一根蘸了水的手指涂抹他的太阳穴，给他喝了一口水。他的眼珠又动了。这时我们才看到，他的右胳臂也在流血。

卡特把两块用来急救的敷料尽量拉宽，以便把伤口完全盖住。我想找点材料用来松松地包扎，可是我们什么都没了，因此我把伤者的裤脚管再扯开一些，以便从他衬裤上撕下一块当作绷带来用。但是他没穿衬裤。我仔细看看他：原来他是刚才那个头发淡黄的年轻人。

这时候，卡特已经从一个死者的口袋里找来了一块用于急救的敷料，我们小心翼翼地把它放到他的伤口上。那小伙子目不转睛地看着我们，我对他说：“我们现在就去找一副担架。”

他张开嘴巴，细声说：“待在这儿……”

卡特说：“我们马上就会回来。我们去给你找一副担架。”

我们看不出来他是不是听懂了。他像个小孩子那样抽泣着，眼睛直盯着我们。“不要走开……”

卡特环顾四周，低声说：“我们要不要干脆掏出手枪，把他结果了事呢？”

这小伙子几乎经不起搬动，他最多也只能再拖几天。到目前为止他所经受的所有痛苦，比起他死去之前将要经受的痛苦，几乎等于零。他现在还处于昏迷状态，感觉不到什么。一个小时后，他将变成无法忍受痛苦、只会发出尖叫声的一捆东西。他还能活着的日子，对他来说不过是一种使人发狂的痛苦折磨。他能不能再活几天，对谁有好处呢……

我点点头：“是的，卡特，应该掏出手枪。”

“你替我干。”他说，站着不动。他下了决心，我看到了。我们环顾四周，但是现在已经不止我们几个人了。有一小群人正聚集到我们前面，一个个脑袋从弹坑和战壕里露了出来。

我们找来一副担架。

卡特摇摇头：“这样年轻的小伙子。”——他重复说道：“这样年轻的、无辜的小伙子……”

我们的损失比猜想的要少：死了五个，伤了八个。这不过是一次短暂的炮击。其中两个死者躺在一个被掀开的墓穴中，我们只需挖些土把他们埋起来就可以了。

我们排成一列纵队，一个跟着一个，默不作声、没精打采地慢慢往回走。受伤的人被送往医疗站。早晨天色昏暗，那些照料病人的人都带着号码牌和姓名卡跑来跑去，受伤的人则在啜泣。天空开始下起雨来。

一个小时后，我们来到我们乘的卡车那里，一个个爬上车去。卡车比来时空多了。

雨下大了。我们摊开帐篷帆布，让它们遮到我们的头上。雨水如同击鼓一样敲打在上面。它汇成的水流在旁边直泻下来。汽车哐啷哐啷地涉水穿过坑坑洼洼的路面，我们就在半睡半醒的状态中摇来晃去。

在车厢前面，有两个人拿着长柄木叉。他们注意着横悬在马路上的电话线，这些电话线架设得太低，很容易把我们的脑袋拉走。那两个人用木叉把电话线叉起，并把它们从我们头顶上挑过去。我们听到他们在喊："注意——电话线！"我们就在半睡半醒的状态中弯下膝盖，随后又直立起来。

卡车单调地摇晃着，喊叫声单调地发出来，雨单调地下着。雨水淌到我们头上，淌到前面阵亡者的头上，淌到那瘦小的新兵身上，对于他的臀部来说，他的伤口未免太大了。雨水也淌到克默里希的墓上，淌到我们的心上。

某处传来一声爆炸。我们颤动起来，眼睛也紧张起来，两只手准备着随时翻过车子的挡板，跳进马路旁边的沟里去。

什么也没有发生。只有单调的喊叫声："注意——电话线！"——我们弯下膝盖，又处于半睡半醒的状态中。

第五章

如果一个人身上有几百只虱子，那么把它们一只一只掐死，是很困难的。这些小动物的身体比较硬，用指甲把它们一只接一只掐死，很快就会感到无聊。因此，恰登用铁丝把一个鞋油盒盖子固定起来，盖子下面放一段蜡烛，再把蜡烛点燃。事情很简单，只需把虱子扔到这只小小的“平底锅”里——噼啪一声响，就解决了。

我们围成圆圈坐着，把衬衫放在膝盖上，让上身裸露在暖和的空气里，两只手在忙着。海埃身上有一种品种特优的虱子：它们头上都有个红十字，因此他声称它们是从图尔豪特野战医院里带来的，它们只属于一名少校军医。他说想拿鞋油盒盖里慢慢积聚起来的虱子油擦他的靴子，对于他自己的这个笑话，他狂笑了足足半个小时。

然而他今天战绩不佳，一件别的事情让我们忙得不可开交。

谣传已经成了事实。希默尔施托斯真的来了。他是昨天出现的，我们早就听到他那熟悉的嗓音。据说他在家乡翻耕过的田地里把几个年轻的新兵搞得太厉害了。他不知道州长的儿子也在那里。这样他就倒霉了。

在这里，他会感到惊奇的。几个小时来，恰登一直在琢磨，该如何搭理他。海埃若有所思地看着他硕大的鱼鳍[1]，对我眯起一只眼睛。那次殴打是他人生的顶点。他告诉我，他至今还常常梦见那件事。

克罗普和米勒在聊天。克罗普是唯一一个搞到一满饭盒

1 戏谑语，此处指手。

扁豆的人，很可能他在工兵厨房里搞到的。米勒贪婪地斜看了一眼，但是他立即克制住自己，问道："阿尔贝特，如果和平突然来临，你要做什么？"

"不会有和平的！"阿尔贝特简短地说。

"可是，如果……"米勒坚持说，"那你要做什么？"

"离开这里！"克罗普抱怨说。

"这是不言而喻的。那么以后呢？"

"我就喝得酩酊大醉。"阿尔贝特说道。

"你别胡说八道，我是严肃认真的……"

"我也这么想，"阿尔贝特说，"要不然，究竟该做什么呢？"

卡特对这问题也产生了兴趣。他要求克罗普贡献些扁豆，如愿后考虑了良久，说道："当然可以喝得酩酊大醉，可是你只好乘坐下一趟火车回家去。啊，和平，阿尔贝特……"

他在油布夹子里找出一张照片，自豪地把它拿给大家看。"我老婆！"随后他又把它收起来，咒骂道："该死的罪恶的战争……"

"你说得很好，"我说，"你有儿子和老婆。"

"说得对，"他点点头，"我还得操心，让他们有东西吃。"

我们笑了。"这方面是不会缺的，卡特，要不然，你也可以去征调呢。"

米勒充满期望，还没满足。他把海埃・韦斯特胡斯从睡梦中唤醒，他正在梦里挨揍。“海埃，要是现在就出现和平，你究竟想干什么？”

“他必定要狠狠地打你的屁股，因为是你先挑起话头谈这种事，”我说道，“其实和平怎么会到来呢？”

“那牛屎怎么会到屋顶上来呢？”米勒言简意赅地回答，又转向海埃・韦斯特胡斯。

对于海埃来说，这一下子叫他接受不了。他摇摇脑袋。“你说的是等战争结束以后吗？”

“正是。你什么都知道了。”

“那么又会有女人啰，不是吗？”海埃舔舔嘴。

“没错。”

“我要再去叼个女人，”海埃说道，他的脸上绽出微笑，“我要逮住一个健壮的轻薄女人，一个真正的会烧饭的泼妇，你知道，她身上总有些东西可以抓得住，马上就到床上去！你可以想象，那是真正的羽绒被和弹簧床，孩子们，我将一个星期不穿裤子。”

大家都沉默了。这情景太美妙了。我们大家都打了寒战。最后，还是米勒打起精神，问道：“往后又怎样呢？”

一阵沉默。然后，海埃有些为难地说道：“我要是当了军士，就继续待在军队里，并且投降。”

"海埃,你简直是疯了!"我说道。

他从容不迫地反问:"你挖过泥煤吗?你可以试一试。"

他说着从皮靴筒里抽出他的调羹,伸到阿尔贝特的饭盒里去。

"总不会比在康帕涅[1]挖战壕还要糟糕吧。"我答道。

海埃咀嚼着,同时又龇牙咧嘴地笑着说:"但是时间更长。你也溜不了。"

"但是,老兄,在家里当然更好,海埃。"

"有些方面是这样,有些方面就不同了。"他说着,张大嘴巴陷入沉思之中。

从他的面容上可以看出他在想些什么。那就是沼泽地上的一间小屋,那就是在荒原上从早到晚冒着炎热天气艰苦地劳动,那就是微薄的工资,那就是肮脏的雇工服装……

"和平时期待在军队里,你根本没有什么事要操心的,"他说道,"你每天都有东西吃,要不然你就可以吵闹;你有你的床,每星期你有一批洗得干干净净的衣服,俨然是个绅士;你干你军士分内的事务,你有你漂亮的用品——晚上你是自由自在的人,可以到小酒馆去。"

海埃对他的理想感到特别自豪,甚至到了迷恋的程度。

1 位于法国东部。

“当你服满十二年军役时，你可以得到一笔退役金，可以当一名乡村警察。你可以整天游荡。”

这时，他由于憧憬未来而冒出汗来。“可以再想象一下，你将受到怎样的款待。这里你可以得到一杯法国白兰地，那里你可以拿到半公升啤酒。人人都想和乡村警察搞好关系。”

“可是，你永远也当不上军士，海埃。”卡特插嘴说道。

海埃吃惊地看着他，沉默无语。此时在他的思想中，大概仍是秋天的明月夜，荒原上的星期日，乡村里的钟，下午和夜里与女佣们在一起，涂着厚厚猪油的荞麦煎蛋饼，泡在乡村小酒店里无忧无虑的闲聊瞎扯的时光……

他不可能很快就把这么多的幻想抛开；因此，他只是愤怒地唠叨着：“你们总是离不开那么愚蠢的问题。”

他把套衫从头上往下套，把军服上衣的纽扣都扣好。

“你想干什么，恰登？”克罗普大声问道。

恰登只关心一件事。“注意，别让希默尔施托斯在我面前溜掉。”

他很可能最希望把他关到一只笼子里，每天早晨拿根棍子狠揍他一顿。他起劲地对克罗普说：“要是我处在你的地位，我就要想方设法当上少尉。那么你就可以好好地收拾他，搞得他屁滚尿流。”

“你呢，德特林？”米勒继续追问。他是个天生的教师，惯于提出各式各样的问题。

德特林是不爱说话的人，但是对于这个问题，他倒做出了回答。他眼睛望着天空，只说了一句话："我希望正好可以赶上收获季节。"说完他就站起身，走开了。

他正在发愁。他老婆不得不照管农家院落。他们早就把两匹马从院子里牵走了。他每天都要看看送来的报纸，想知道他家乡奥尔登堡那个角落是否在下雨。他们还没有把干草收起来呢。

就在这一瞬间，希默尔施托斯出现了。他径直朝我们这群人走来。恰登的脸色唰地变了。他伸直身子躺到草地上，激动得把眼睛紧闭起来。

希默尔施托斯有点犹豫不决，他的步子放慢了。随后，他阔步朝我们走来。没有哪个人打算站起来。克罗普很感兴趣地望着他。

这时他站在我们面前，等待着。因为没有人说话，他就先开腔了："喂，怎么样啦？"

几秒钟过去了；希默尔施托斯显然不知道该如何是好。此刻他多想折磨人，叫我们奔跑。可他似乎总算得到了一点教训，前线不是练兵场。他又试探了一下，不再对着所有人，而只是对着一个人说话，他希望这么做比较容易得到回答。克罗普靠他最近，因此他就给了他这份殊荣。"噢，你也在这儿？"

但是，阿尔贝特不是他的朋友。他勉强回答说："比您早些时候来，我想。"

那略带点红色的小胡子颤动着。"你们大概已经不认识我了，是吗？"

恰登这时睁开眼睛。"不，我认识你。"

希默尔施托斯转向他，说道："这不是恰登吗？"

恰登抬起头。"你知道你是什么东西吗？"

希默尔施托斯目瞪口呆。"我们究竟从什么时候起相互称呼起'你'[1]来？我们可没有在公路边的沟里一道躺过。"

他对眼下的这一情况完全不知所措。他压根儿没有料到会有这样公开的敌意，但他目前要有所提防。肯定有人说过一些胡言乱语，说是要让他背上吃几枪。

关于公路边的沟的问话，既使恰登愤怒，也使他变得幽默了。"不，当时只有你一个人躺在那里。"

这时希默尔施托斯也怒火中烧。但是恰登先于他做出了反应。他一定要把咒骂他的话全都说出来。"你想知道你是什么东西吗？你是一只猪猡，这就是你！这我很久以前就想告诉你了。"当他把"猪猡"这个词抛出来时，几个月来得到满足的心情就从他那双明亮的猪一样的眼睛里闪烁出来。

---

1 "你"为对家属、亲友和孩子的亲密称呼。对动物、死人和事物也称"你"。

这时希默尔施托斯也发作了。“你这狗东西，你这无耻的挖泥煤的魔鬼，你想干什么？你站起来，长官跟你说话时，你身子要站直！”

恰登绝妙地做了个手势。“稍息，希默尔施托斯。解散！”

希默尔施托斯是个坚持练兵秩序的狂暴的军人，就连皇帝也不会比他更容不得遭受侮辱。他吼叫道：“恰登，我以长官的身份命令你：站起来！”

“除了这，还有什么？”恰登问道。

“你要不要服从我的命令？”

恰登从容不迫地做了回答，而且在不知不觉中竟引用了一句最著名的经典作家的话作为结束语。与此同时，他还把身子转过

去,放了个响屁。

希默尔施托斯暴跳如雷地吼道:"你一定要受到军事法庭的审判!"

我们看到他朝办公室的方向走去,一会儿就消失了。

海埃和恰登像挖泥煤的工人一样大声吼叫。海埃笑得如此开心,以致他的下巴也脱臼了,他突然张着大嘴站在那里,束手无策。阿尔贝特只得对准他打了一拳,让他的下颌重新复位。

卡特忧心忡忡。"如果他把你报告给上级,那么事情可就不妙了。"

"你认为他会这样做吗?"恰登问道。

"肯定会。"我说道。

"你受到的处罚,最轻也是五天严厉的禁闭。"卡特说。

这一点并没吓坏恰登。"五天严厉的禁闭就是五天休息嘛。"

"但是,如果你被送到要塞上去呢?"遇事比较认真的米勒追问道。

"那么,对我来说,这次战争就算结束了。"

恰登是个乐天派。对于他来说,根本不存在什么担忧的事。他跟着海埃和莱尔一道走开,免得人家在开始发火时就找到他。

米勒的话总是没完没了。他又抓住克罗普。“阿尔贝特，如果你现在真能回家，那么你打算干什么？”

克罗普这时已经吃得饱饱的，因此比较好说话。“我们这个班级原来有多少人？”

我们计算了一下：二十个人中间，七个死了，四个负了伤，一个在精神病院里。那么加起来最多也就是十二个。

“其中三个当了少尉，”米勒说道，“你认为他们还会忍受坎托雷克的训斥吗？”

我们并不这么认为；就连我们自己，也已经不能容忍别人的训斥了。

“关于《威廉·退尔》[1]的三重情节，你究竟是怎么评价的？”克罗普突然回忆起来，笑得大喊大叫。

“哥廷根林苑派[2]的宗旨是什么？”米勒突然很严肃地问道。

“大胆卡尔[3]有几个孩子？”我平心静气地反问。

“您一辈子都一事无成，博伊默尔。”米勒尖声尖气地说道。

“扎马[4]战役发生在什么时候？”克罗普想知道。

---

1 德国作家席勒的剧本。
2 德国一个诗歌流派。
3 指勃艮第公爵。
4 古代北非的一个城市。

“您缺少严肃认真的态度，您坐下，三减……”我打手势表示拒绝。

“利库尔格[1]认为国家机构中哪些任务最重要？”米勒低声问道，似乎要挪动一下夹鼻眼镜。

“这句话是不是这么说的：我们德国人就怕上帝，此外不怕世界上任何人，还是说，我们德国人……”我请大家考虑。

“墨尔本有多少人口？”米勒叽叽喳喳地反问。

“如果您连这个都不知道，您这辈子又怎么能指望成功呢？”我非常反感地问阿尔贝特。

“内聚力如何理解？”他这时打出一张王牌。

关于这些琐碎的东西，我们能记得的已经不太多了。它们对我们也毫无用处。但是在学校里，却没有人教过我们在暴风雨中如何点燃香烟，怎样拿潮湿的木头来生火——或是教过我们，刺刀最好要戳到肚子里，因为这么做，刺刀就不会戳进肋骨里给卡住。

米勒若有所思地说：“这有什么用啊。我们还要回到学校的课椅上呀。”

我认为这绝对不可能。“也许我们要来一次特殊的考试。”

“对此你也需要进行准备。而如果你考试通过了，那又怎

1 传说中古代斯巴达克的立法者。

样？上大学也没什么好。要是没钱，你还得埋头啃书本。”

“怎么都会好一些。可尽管如此，他们灌输给你的，依然是胡说八道的东西。”

克罗普说到了我们的情绪：“一个在前线待过的人，怎么会认真对待这事呢。”

“但是你总要有个职业啊。”米勒表示反对，仿佛他就是坎托雷克本人。

阿尔贝特在用一把小刀剔指甲。我们对他这样讲究修饰感到惊奇。但是他这么做，不过是在思考问题罢了。他把小刀放到一边，解释道：“的确是这样嘛。卡特、德特林和海埃又将回到他们的工作岗位，因为他们原来就有自己的职业。希默尔施托斯也是一样。我们过去没有从事什么职业。我们在这里经历这个。”——他朝前线做了个手势——“以后，我们应该怎样去适应一种职业呢？”

“必须有养老金，才可以一个人住在树林里……”我说道，但是立即对这种狂妄自大感到害臊。

“我们回去的时候，又会发生什么事呢？”米勒说，就连他也慌起来了。

克罗普耸耸肩膀。“我不知道。总得先回去，然后才能看清楚。”

原来我们大家都不知所措。“我们究竟能干什么呢？”我问道。

“我对什么都不感兴趣，”克罗普厌倦地回答，“总有一天你要死去，到那时你还做什么？我不相信我们都能回去。”

“每当我思考这些问题，阿尔贝特，”过了一会儿我说，翻了个身，朝天躺着，“每当我听到‘和平’这个词，我真想，而且可能也的确如此，做出某些意想不到的事情，这个念头立即钻到我的脑袋里来。为了那些事情，你知道，在这儿受罪也是值得的。只是现在，我什么也想象不出来。现在我能够知道的就是，关于职业、学习和工资以及其他等等的种种议论，这一切使我感到厌恶，因为它们以往就一直存在着，确实令人反感。我什么也没找到——我什么也没找到啊，阿尔贝特。”

突然，我觉得一切都没有前途，令人绝望。

克罗普也同样在思考。“我们所有人今后都会特别艰难。在家乡，他们到底会不会有时候也为此而操心呢？两年跟枪炮和手榴弹朝夕相处，这留给人的记忆，以后是不可能像脱掉一只袜子那样摆脱掉的……”

我们一致认为，每个人的情况都差不多；不仅是我们这儿的几个人，每个地方处境与我们相同的人都是这样；有的人可能多一些，有的人可能少一些而已。这就是我们这一代人的共同命运。

阿尔贝特把它说了出来。“战争把我们的一切都毁了。”

他说得有道理。我们已经不再是青年了。我们不愿再对这个世界发动进攻。我们是逃兵。我们躲开自己，躲开我们的生活。当时我们才十八岁，刚刚开始热爱这个世界，热爱生活，然而我们不得不对它开炮。那第一颗打来的榴弹，击中了我们的心坎。我们与行动、追求和进步割断了联系。我们再也不相信它们了。我们相信战争。

办公室里气氛显得很活跃。看来是希默尔施托斯引发的。一个胖胖的上士走在纵队的最前面。真奇怪，几乎所有在编的上士都是肥头大耳的。

一心想复仇的希默尔施托斯跟在他后面。他的皮靴在阳光中闪闪发亮。

我们站了起来。那上士高声叫嚷道：“恰登在哪儿？”

当然没有人知道。希默尔施托斯愤怒地盯住我们。“你们肯定知道。你们就是不想说。赶快给我说！”

那上士搜索似的环顾四周，哪里都看不到恰登。他就改变了策略。“告诉恰登，十分钟内去办公室报到。”说完他就走了，希默尔施托斯紧跟在他后面。

“我有这样一种冲动，下次我们去构筑工事时，让一卷铁丝网落到希默尔施托斯的腿上。”克罗普这样设想。

“我们还要跟他开许多玩笑呢。”米勒笑着说。

我们现在的雄心就是：狠狠地治一下这个狂妄的邮差。

我走进棚屋营房，告诉恰登发生的情况，让他走开。

随后，我们换了个场所，又躺了下来，大家一起玩牌。这些事我们都会：打牌、咒骂和打仗。对二十岁的人来说，这不算很多——同时，对二十岁的人来说，又太多了。

半个小时后，希默尔施托斯又来了。没有人理他。他找恰登。我们耸耸肩膀。

“你们应该去把他找来。”他坚持说。

“怎么说‘你们’？”克罗普追问。

“喔，你们这些人……”

“我请求您，不要用‘你’来称呼我们。”克罗普像个上校似的说道。

希默尔施托斯惊慌失措。“究竟谁用‘你’来称呼你们？”

“您！”

“我？”

“是的。”

他在苦苦地思索着。他不信任地朝克罗普斜看了一眼，因为他压根儿不明白他指的是什么。在这一点上，他总还是不完全相信自己，于是对我们做了让步。“那你们没有找到他啰？”

克罗普躺到草地上，说道：“您以前到过前线吗？”

“这跟您毫不相干，”希默尔施托斯坚定地说，“我希望得到答复。”

“好，就这样吧，”克罗普答道，站了起来，“请您朝那边看看，那边挂着一小团一小团的白云。那是高射炮炮弹炸开形成的。我们昨天就在那边。死了五个人，伤了八个人。不过那就像是开了个玩笑罢了。下次您跟我们一起上前线，士兵们在死之前，会先跑到您面前，挺直身子站着，雄赳赳地问道：请问我们可以解散吗？请问我们可以逃走吗？我们在这里恭候像您这样的人已经很久了。”

他又坐了下去，而希默尔施托斯却像颗彗星一样消失了。

“三天禁闭。”卡特猜测说。

“下次我来干。”我对阿尔贝特说。

但是这已经结束了。当晚排队集合点名时，上头对此进行了审问。我们的少尉贝尔廷克坐在办公室里，他让人把我们一个一个喊进去。

我同样不得不作为证人到场，说明恰登抗命的原因。遗尿的事给人留下了深刻的印象。希默尔施托斯被叫来，我重复讲了一遍我的证词。

“真是这样吗？”贝尔廷克问希默尔施托斯。

他支吾搪塞，可是最后，当克罗普做了相同的陈述，他不得不承认了。

“当时为什么没有人报告这件事呢?”贝尔廷克问道。

我们都默不作声,他自己必定知道,在军队里对这样的小事情进行申诉没什么意义。况且,在军队里可以申诉吗?他大概看到了这点,于是首先训斥了希默尔施托斯一番,坚决地再一次对他说清楚,前线绝不是后方的营房练兵场。随后轮到恰登,对他的训斥更加厉害,真叫人受不了,他还被罚三天普通禁闭。贝尔廷克朝克罗普眨眨眼,宣布给他一天禁闭。“实在没有别的办法。”他表示同情地对他说。他是个明智的人。

普通禁闭倒是舒适的。禁闭地点是从前的鸡棚,两个人关在那里,别人可以去探望,我们知道怎么走可以到那儿。重禁闭跟坐地牢差不多。以前我们也被罚捆在树上,但现在已禁止这样做了。有时候,我们受到的待遇已经像人一样了。

恰登和克罗普坐到铁丝网禁闭室里一个小时后,我们就出发去看望他们。恰登像鸡啼一样欢迎我们。后来我们就打斯卡特牌[1],一直打到夜里。当然是恰登赢了,那个愚蠢的可怜人。

动身回去时,卡特问我:“烤点鹅肉吃,你觉得怎么样?”

“不坏。”我说。

我们爬到运弹车队的一辆车上。乘车的代价是两支香烟。

---

1 德国一种三人玩的牌戏。

卡特已经记住确切的地点。那棚子属于一个团司令部。我决定去把鹅抓来，他给了我许多指点。那棚子就在一堵墙的后面，用一根木桩顶住关起来。

卡特朝我伸出双手，我把一只脚踩在他手上，爬过墙去。卡特就在下面望风。

为了让我的眼睛习惯黑暗，我站了几分钟。随后我认出了那棚子。我蹑手蹑脚地走过去，摸到了那根木桩，把它拔起来并把门打开。

我分辨出两团白色的东西。两只鹅，这下可糟了：要是抓住一只，另一只就会嘎嘎叫起来。那就两只一起抓——要是动作快一点，就有胜算。我纵身跳过去。我立即抓到一只，转眼又抓到了第二只。我发疯似的抓住它们的头使劲往墙上撞去，想把它们撞昏。但是也许我用的力气还不够大。那两只鹅仍轻声地嘎嘎叫着，用脚和翅膀乱踢乱扑打。我顽强地搏斗着，但是，他妈的，一只鹅有多大的力气啊！它们硬是拖着我，我就踉踉跄跄地来回走着。在黑暗中，这两团白色的东西非常可怕，我的胳臂似乎长出了翅膀，我几乎害怕自己会往天上飞，仿佛我手里抓着几个观测气球似的。

这时已经发出闹声来了。有一只鹅吸到一口气，像闹钟一样嘎嘎地大叫起来。转眼间，从外面进来了什么东西，我被撞了一下，倒在地上，听到狂吠的狺狺声。那是一只狗。我往旁边一看，它已朝我的脖颈扑过来。我马上静静地躺着，先把下巴缩到衣领里。

那是一只猛犬。过了好久，它才把头缩回去，蹲到我身旁。但是只要我试图挪动一下，它就狺狺狂吠。我思索着。唯一能做的就是伸手去拿我那支左轮手枪。在有人来到之前，我无论如何要离开这里。我把手一厘米一厘米地伸出去。

我觉得这仿佛已经持续了好几个小时。轻轻地动一下，都会引发危险的狺狺吠声。我静静地躺着，再重新尝试。我抓住左轮手枪时，那只手开始发抖了。我把它按在地上，思想上做好了准备：迅速把左轮手枪举起，在它没扑向这里时就开枪，随即逃走。

我慢慢地吸气，心里平静下来。接着我屏住气，猛地把左轮手枪举起来，砰的一声，那只狗狺狺吠着跳到一边。我冲向棚子的门，却被飞奔逃跑的一只鹅绊了一下，跌倒了。

我飞快地奔过去迅速把它抓住，使劲一扔把它扔过了墙，自己也往墙头爬。我还没来得及爬过墙去，那只狗又活跃起来，跳起来扑向我。我赶紧翻身下去。卡特站在我前面十步远处，胳臂下夹着那只鹅。他一看到我，我们俩就一溜烟地跑了。

后来，我们终于可以喘口气了。那只鹅已经死了。卡特转眼间就把它解决了。我们想马上把它烤好，以免有人发觉。

我从棚屋营房里拿来锅子和木头,我们爬到一间小小的被废弃的旧仓库里。干这样的事,这个旧仓库再合适不过了。它只有一个窗户,而且被遮得严严实实。有一只类似炉灶的东西,几块砖头上搁着一块铁板。我们把火生了起来。

卡特拔去鹅毛,把鹅弄得好好的。我们细心地把鹅毛放到一边。我们打算用它们做成两个小枕头,上面写着:"在猛烈的连珠炮火中安息吧!"

前线的炮火在我们的庇护所周围发出隆隆的响声。火光照到我们脸上,影子在墙上乱舞。不时传来低沉的爆炸声,随后这旧仓库就震颤起来。那是飞机投下的炸弹。有一次,我们听到一阵沉闷的叫喊声。必定是有棚屋营房挨炸了。

飞机嗡嗡地响着,机关枪嗒嗒的声音传了过来。但是没有一点让人看得见的亮光从我们这里透出去。

我们就这样面对面坐着,卡特和我,两个穿着破旧衣衫的士兵,半夜三更在烤一只鹅。我们没多说话,但是我们两人之间相互的照顾,比我所想象的恋人可能做的要完美充分得多。我们是两个人,两颗微不足道的生命的火星,外面是黑夜和死神的势力范围。我们就坐在它的边沿,既危险又安全,鹅油从我们的手上往下滴,我们两个人的心靠得很近,而此刻的时间也和这屋子的空间一样:在一种柔和的火光映照下,我们情感的亮光和阴影也在摇曳不定。对于我,他都知道些什么?对于他，我又知道些什么呢？以前我们的思想没有一点是相似的——但是现在我们坐在一只鹅面前，感觉到我们的存在，而且我们是那么亲密。对于这方面，我们连话也不想说。

即使鹅又嫩又肥，烤熟也要花许多时间。因此我们两人轮流干着。一个人往鹅身上涂油的时候，另一个人就躺下来睡觉。一种美妙的香味逐渐散布开来。

外面的噪声传进来，它催我进入了梦境，但是梦并未使我完全丧失记忆。我在半睡状态中看到卡特把一支调羹举起来又放下去。我喜欢他，喜欢他的肩膀，喜欢他有棱角的、有点伛偻的身形——与此同时，我也看到他身子后面的树林和星星，一个清晰的嗓音在说着一些让我感到平静的话。我，一个士兵，穿着长筒靴，系着腰带，带着干粮袋，在高高的天空下显得很矮小，沿着展开在面前的道路走着，很快就把一切都忘却了，而且难得有什么忧愁，只顾在广阔的夜空下继续走着。

一个小小的士兵和一个清晰的嗓音，如若有人想抚摸他，他或许无法理解这是为什么。这个士兵穿着大长筒靴，感觉迟钝地向前行进，因为他穿着长筒靴，除了向前行进，什么都忘得一干二净了。是不是在地平线上，有花儿朵朵和美丽的景色，那么宁静，让这个士兵直想哭泣？那里有些景致，他并未失去，因为他从未拥有；那些景致令人目眩，但对他来说，已经消逝，不是吗？他那二十年的岁月，不是还在那里吗？

我的脸是不是湿了，我究竟在什么地方？卡特站在我的面前，他那巨大的、弯下腰来的影子像祖国一样覆盖在我身上。

随后他说："鹅烤好了。"

"知道了，卡特。"

我抖动身子。那只褐色的鹅在屋子中央闪闪发光。我们拿出自己的折叠刀叉，各自切下一条鹅腿。还有部队里发的面包，我们拿面包蘸着卤汁吃。我们慢慢地吃，完全是在享受。

"味道好吗，卡特？"

"好！你也觉得好吗？"

"是的,卡特。"

我们亲如兄弟,两人都把最美的鹅块推给对方。后来,我抽了一支香烟,卡特抽了一支雪茄。鹅肉还剩下好多。

"卡特,我们捎一块给克罗普和恰登,你觉得怎样?"

"好。"他说道。

我们切下一份,细心地把它用报纸包好。剩下的我们本来想带到棚屋营房里去,但是卡特笑了,只是说:"恰登。"

我领会到,我们必须把所有的东西都带走。

因此我们就往鸡棚走去,把他们两人唤醒。走之前我们还得把鹅毛包好带走。

克罗普和恰登把我们看成是海市蜃楼。随后他们的牙齿就咬得咯咯响。恰登像捧着口琴一样用双手捧着一只翅膀咬在嘴里,啃着。他还喝着锅子里的油卤,吧嗒吧嗒边吃边说:"我永远不会忘记你们!"

我们朝我们的棚屋营房走去。这时,高高的天空上又是繁星点点,拂晓开始降临,而我就在天空下行走,一个穿着大长筒靴、肚子吃得饱饱的士兵,清晨微光中一个小小的士兵——走在我身旁的,是那个有点伛偻和有棱有角的卡特,我的伙伴。

在早晨昏暗的光线中,棚屋营房的轮廓展现在我们面前,仿佛是个黑沉沉的美梦。

第六章

人们私下议论就要发动进攻了。我们比以往早了两天开往前线。途中我们经过一所被炮弹击毁的学校。学校的一边比较长，堆着两排未抛光的淡色新棺材，至少有一百口，宛若一堵高墙，还散发出树脂、松木和树林的气味。

“这是对进攻所做的极好的准备。”米勒惊讶地说道。

“是为我们准备的。”德特林发牢骚说。

“别胡说八道！”卡特责备他。

“要是还能得到一口棺材，就该高兴才是，”恰登奸笑着，“他们还不是就用一块帐篷帆布把你这活人靶裹起来，等着瞧吧！”

其他人也在开玩笑，开令人不愉快的玩笑，否则，我们有什么事可做呢——那些棺材确实是为我们准备的。在这些事情上,那种组织干得很出色。

前面到处都在沸腾。第一夜我们试图辨认方向。由于四下里相当寂静,我们可以听到敌人前线后面的运输车辆在不停地滚动着,一直持续到破晓时分。卡特说,它们不是在开回去,而是在把部队运过来——部队、弹药和大炮。

英国的炮兵得到了增援,这一点我们立即就听说了。在农庄的右面,至少增加了四个炮兵连的20.5口径的大炮,在白杨树墩后面,部署了许多迫击炮。此外,还增加了一些法国制造的装有触发引信的该死的东西。

我们的情绪很低落。我们进入掩蔽壕两个小时后,自己的炮兵部队发射的炮弹落到我们战壕里来了。在四个星期里,这已经是第三次了。要是这仅仅是瞄准上的错误,没人会说什么,但事实是,炮管损坏得太厉害了,炮弹会散射到我们的阵地上,发射就没有把握。这一夜我们已经有两个人因此而受伤了。

前线像是一只鸟兽笼子,待在里面的人只得烦躁不安地等待着即将发生的任何事情。我们躺在榴弹的弧形飞行线路的网格下,生活在茫然难知的紧张之中。在我们的头顶上,偶然性在悠悠荡荡。一颗炮弹打过来时,我可以低下身子,这就是所能做的一切;至于这颗炮弹打到哪里,我既无法准确知道，也不能影响它。

正是这种偶然性，使我们变得有些满不在乎。几个月前，我坐在一个掩蔽壕里玩斯卡特牌；过了一会儿，我站起身，去看望待在另一个掩蔽壕里的一个朋友。等我回来时，原来那个掩蔽壕不见了，它已被一颗重炮炮弹直接命中，炸得粉碎。我只好回到第二个掩蔽壕，正好赶上时候，帮助他们把这掩蔽壕重新挖掘出来。就在这么一点时间里，这掩蔽壕已被泥土填得看不见了。

同样，我被炸死炸伤，或是我仍然活着，都纯属偶然。在可以防弹的掩蔽壕里，我也可能被压得粉身碎骨，而在空旷的战地上，我也许可以经受十个小时猛烈的连珠炮火而丝毫不受损伤。一个士兵只有经受住一千次偶然性才能算活着。每个士兵都相信和信赖这种偶然性。

我们必须照看好自己的面包。近来，自从战壕已经不那么井然有序以来，老鼠繁殖得非常多。德特林断言，这是情况危险的最可靠的征兆。

这里的老鼠特别叫人讨厌，因为它们只只都那么肥大。就是我们称为“吃死尸老鼠”的那一种。它们长着丑陋、凶恶、无毛的脸，什么人看到它们光溜溜的长尾巴都要作呕。

它们看起来相当饥饿。几乎每个人的面包都被它们咬过。

克罗普用帐篷帆布把面包牢牢地裹起来，放在头的下面，但是他没法睡觉，因为它们跑到他的脸上，想弄到面包。德特林想出个鬼点子，他把一根细铁丝系在天花板上，再把他的面包挂到铁丝上。夜里他打开手电筒一照，看到那根铁丝在摇来晃去。一只肥老鼠骑在那块面包上。

最后我们终于给这种状况做了个了断。被那些动物咬过的一块块面包，我们都细心地把被咬的部分切去；我们无论如何不能把整个面包丢弃，否则我们明天就没有什么东西可吃了。

切下来的一片片面包，我们通通放到地板中央。每个人都把自己的铁锹拿出来，躺到地上，做好准备围打。德特林、克罗普和卡特都拿着手电筒做好了准备。

几分钟后，我们听到第一阵窸窸窣窣和吱吱的响声。这声音越来越大，伴随着许多细小的脚步声。于是所有手电筒突然揿亮，大家都对着那堆黑乎乎的东西打下去，那堆东西就吱吱叫着一哄而散。战绩挺好。我们把支离破碎的死老鼠铲到壕沟外面，又躺下来守候。

这种打击行动我们发动了好几次，都取得了成功。后来那些动物察觉到了危险，或许是闻出了血腥味，再也不来了。尽管如此，第二天一看，地板上的面包屑已经被它们拖走了。

在紧挨着的一段战壕里，它们袭击了两只很大的猫和一条狗，把它们咬死并啃光。

第二天分发爱达姆[1]干酪。每个人分得四分之一块。一个方面来看这是好事，因为爱达姆干酪味道很美——但从另一个方面来看，这可是坏事，因为在我们看来，这种粗大的红色球体迄今为止一直是大祸临头的先兆。稍后又分发了烧酒，这种预感就更加强烈了。烧酒我们暂且喝了，但是我们的情绪并不好。

白天我们比赛用枪打老鼠，还到处游荡。子弹和手榴弹

---

1 荷兰的一座城市，在阿姆斯特丹北面。

储备更充裕了。我们亲自检查了一下枪刺，就是在钝的一面有锯齿的那种枪刺。要是他们那边的人抓到一个手里拿着这种枪刺的人，这个人必定没有救了，他肯定会被当场杀死的。在紧挨着我们的那一段战壕里，我们找到了几个战友，他们的鼻子被割掉了，眼睛被挖了出来，用的就是这种带锯齿的枪刺。然后，人家往他们的嘴里和鼻子里塞锯屑，他们就这样窒息死去。

有几个新兵仍然拿着这种式样的枪刺，我们把它们弄掉，给他们装上别的枪刺。

当然，枪刺这东西已经失去其重要意义了。现在发动强攻，通常的方式就是只用手榴弹和铁锹。磨得锋利的铁锹是一种更加轻便、用途更多的武器，不仅可以用它直接往对手下巴下面戳去，最主要的是用它来进行打击，其打击力更大；尤其是如若斜着劈到他人的肩膀和脖颈之间，那就很容易把胸脯也一下子劈开。枪刺在刺进去时常常卡住，使用枪刺者必须往对方肚子上猛踢一下，才能把它拔出来，而这个过程虽然很短却也容易挨别人一刺。此外，枪刺在戳刺时还常常会断裂。

夜里他们会施放毒气。我们等待着进攻，戴上防毒面具躺着，准备在第一个人的影子出现时，就把防毒面具摘下来。

天已破晓，但是没发生什么事。在那边，总有那折磨人神经的车轮滚动声，火车，火车，卡车，卡车，他们究竟在聚集什么东西？我们的炮兵部队不停地向那边开炮，但是那声音仍然没有停止，它仍然没有停止……

我们个个满面倦容，大家都避免相互对视。“又要像索姆河[1]畔的战役一样了，我们在那里遭遇到七天七夜猛烈的连珠炮火。”卡特闷闷不乐地说。自从我们到了这里，他就再没说过笑话，这是不祥之兆，因为卡特是个老兵，他的嗅觉十分灵敏。只有恰登为分到这份好军粮和朗姆酒而高兴；他甚至认为，我们同样将会回去休整，什么事情也不会发生。

看来情况也差不多是这样。时间一天又一天地过去。夜里我蹲坐在潜听哨的掩体里。火箭和照明弹在我头顶上空蹿上落下。我既小心谨慎，又心情紧张，我的心在怦怦直跳。我的眼睛始终停留在夜光表的表面上，那指针似乎不愿向前走。我的眼皮沉重，我的脚趾在长筒靴里扭动，目的是要保持清醒。直到我被人换下时，什么事也没有发生——那边始终只是传来车子滚动的声音。我们渐渐地变镇静了，没完没了地玩着斯卡特和冒歇尔纸牌戏[2]。也许我们运气特别好。

白天天空中挂着许多观测气球。传说那边在进攻的时候，也会在这里投入坦克和步兵用飞机。但是这一传闻，并没有

---

1 位于法国北部。

2 一种三至六人玩的纸牌戏，通常用来赌博。

像以前听说的新式喷火器那样让我们感兴趣。

半夜我们醒过来。大地在发出隆隆的响声。猛烈的炮火就在我们头顶上空。我们蜷缩在角落里。我们能够分辨出各种口径的炮弹。

每个人都伸手去抓自己的东西,时不时地查看这些东西是否仍在那儿。掩蔽壕在震动,黑夜在吼叫,闪着亮光。在转瞬即逝的闪光中,大家互相望着,摇着头,脸色苍白,双唇紧闭。

每个人都同样感觉到,沉重的炮弹在拆毁战壕的胸墙,把战壕的斜坡都翻了起来,把最上面的混凝土块炸得粉碎。每当炮弹落进战壕并爆炸时,我们发觉那更加窒闷、更加猛烈的打击,仿佛就是一头怒吼的猛兽在用前爪扑打。早晨,有几个新兵脸色铁青,不停地呕吐。他们实在太没有经验了。

灰蒙蒙的光令人反感地慢慢地流入坑道,使炮弹发出的闪光也变得惨淡。黎明已经到来。现在地雷的爆炸和炮火混合起来。这是迄今为止最猛烈的震动。它们扫向哪里,哪里就变成一座群葬墓。

换班的人出去了,被换下的观察员踉踉跄跄地走进来,身上沾满污泥,抖抖颤颤的。有一个人不声不响地躺在一个角落里吃东西,另一个在啜泣,他是增援部队的后备兵,已经两次被爆炸气浪抛到胸墙的外面,然而除了神经性休克以外,没受过什么伤。

新兵们都看着他。这样的事很容易传染,我们必须照管好这些新兵,有几个人的嘴唇已经开始颤动了。幸好白昼已经来临,也许中午进攻就会开始。

炮火并未减弱。它也落到了我们的后面。人肉眼看得到的地方,尽是如同喷泉一样的泥土和铁片在四处飞溅。一条非常宽阔的地带都在遭到轰击。

进攻没有发生,但是炮击仍然继续着。我们的耳朵慢慢地听不见了。几乎没有人在说话。实际上大伙儿相互间谁也听不懂谁的话。

我们的战壕几乎被夷为平地。有好多地段只有半米高,洞、弹坑和山一样的土堆散布在各处。一颗榴弹正好落在我们坑道前面爆炸,顿时漆黑一片。我们都被掩埋了,只好勉力把自己挖出来。一个小时后,坑道的出入口又畅通了,我们这才镇静了些,因为我们都有活好干。

我们的连长爬了进来,告诉大家有两个掩蔽壕全完蛋了。新兵们一看到他,就平静下来了。他说,今天晚上要想法搞些吃的东西来。

这句话听起来真能安慰人。除了恰登,没有哪个人想到过要吃东西。这时,外面的世界仿佛又靠近了我们——如果要去弄吃的东西，那么情况就没那么糟糕，新兵们都这样想。我们没去干扰他们这种想法，我们知道，食物如同弹药一样重要，正因为如此，才必须去弄来。

但是，事情失败了。又派了第二批人出去，也退了回来。最后卡特也一起去，就连他也无功而返。没有哪个人穿得过去，要穿过这样的炮火，即使是狗尾巴，也还嫌不够细啊。

我们把裤带勒得更紧了，每吃一口东西，都比原来多出三倍的时间。尽管如此，仍解决不了问题，我们仍然饥肠辘辘。我保留了一角面包，软的部分我之前拿出来吃掉了，那一角仍留在干粮袋里，我不时把它拿出来啃啃。

黑夜叫人无法忍受。我们睡不着觉，眼睛凝视着前方，有时打一会儿盹。恰登对我们在老鼠身上浪费那些被咬过的面包块而感到惋惜。我们本应该把它们好好保存起来。此刻，谁都想吃它们。水，我们也很缺，但还不是非常严重。

将近早晨，天色还昏暗的时候，发生了骚动。一大群奔逃的老鼠冲进入口处，拼命要爬到墙上去。手电筒照亮了这混乱的场面。人人都在喊叫，咒骂，猛烈地击打。许多小时以来积压在心头的狂怒和绝望，一下子都爆发出来。大家的脸色变得很难看，挥动着胳臂在打，那些小动物吱吱地叫着，围打好不容易才停止下来，差点发生自己人攻击自己人的事。

这一突发事件把我们弄得精疲力竭。我们又躺下来等待。我们这个掩蔽壕没有人员伤亡,这倒是个奇迹。它是至今依然安全无恙的挖得不太深的坑道之一。

有个军士爬了进来,他身边带着一只面包。三个人成功地在夜里穿了过去,带回了一点食物。他们说,那边的炮火火力始终未减,一直轰到我们的炮兵阵地。他们那边到底从哪里弄来这么多的大炮,这倒是个谜。

我们只好等待,等待。中午,我预料的事情终于发生了。有一个新兵突然发作了。我已经观察他好久了,看到他牙齿不停地动着,拳头握成球形,紧紧握住。那双因受到追猎而瞪得大大的眼睛,我们见得够多了。前几个钟头里,他仅仅是表面上变得平静些而已,这时他已经像一棵腐朽的树一样倒塌下来。

现在他站了起来,悄悄地爬过这块地方,停留了片刻,然后朝出口处溜去。我躺下来堵住他,问道:“你想到哪里去?”

“我马上就回来。”他说着,想从我身旁出去。

“你等一下,炮火已经在减弱了。”

他倾听着,眼睛一瞬间变明亮了。随后,他的眼睛又射出疯狗似的混浊的亮光,他一声不吭,把我推开。

“稍等一分钟,伙计!”我喊道。卡特注意到了。正当那新兵把我推开的时候,卡特出来帮忙,我们两个人紧紧把他抓住。

他马上开始狂闹起来:“你们放开我,让我出去,我要出去!”

他什么都不愿听,只顾乱打,满口唾沫,喷出的话语,尽是半吞半吐、毫无意义的单词。这是掩蔽壕恐惧症的一次发作,他感觉到自己在这里要窒息,唯一的欲望就是:到外面去。如果让他出去,他会在没有掩蔽的情况下到处乱跑。像这样的情况,他已经不是头一个了。

他野性发作,已经在翻白眼了,我们没有什么办法,只好痛打他一顿,以使他恢复理智。我们手脚很快,毫不留情,终于使他暂时安安静静地坐了下来。其他人看到这样的情况,脸色都变惨白了,但愿这么做会把他们吓住。这样猛烈的连珠炮火,对于这些可怜的家伙来说,实在是吃不消啊。他们刚离开战地新兵站,便立即陷入一种混乱的困境中,这样的困境也可能使一个老兵的头发变白。

这一事件发生后,这种令人窒息的空气对我们神经的刺激比以前更强烈了。我们仿佛坐在自己的坟墓里,只等着被掩埋起来。

突然,响起了吼声,火光闪闪,确实惊人,掩蔽壕中了一颗炮弹,所有接缝处都咔嚓咔嚓响了起来。幸好这只是一颗轻型炮弹,混凝土板还承受得住。金属的叮当声和可怕的声音响了起来,墙壁在摇晃,步枪、钢盔、泥土、污物和尘沙在飞舞。

硫黄的浓烟透了进来。如果不是待在这个坚固的掩蔽壕里，而是待在最近修建的那种简便的壕沟里，那么现在就不可能有人活着了。

但是，这次的结果也是够糟糕的了。先前所说的那个新兵又狂闹起来，而且还有另外两个人也跟着闹。一个拔腿就跑，冲了出去。我们忙着对付这两个人。我冲向那个逃跑的人，心里在想，是否要拿枪打他的腿——就在这时，传来一阵呼啸声，我立即扑倒下去，而当我站起来时，壕沟的墙壁上已经粘满滚烫的弹片、碎肉和军服破片。我爬了回来。

那头一个新兵看来真是发疯了。人家才放开他，他就像一只公山羊似的伸着头朝墙上撞去。今天夜里，我们必须设

法把他送到后方。我们暂时得把他捆起来,而且要捆得松紧合适,以便在遭到攻击时可以立即把他放开。

卡特建议玩斯卡特牌戏——我们还有什么事好做呢?打牌也许能让心情放松些。但是竟然没起什么作用,对离得较近的每一次轰击,我们都细心地倾听,把该吃进的一沓牌算错了,或是把花色出错了,最后只好不玩了。我们宛若坐在一只发出隆隆巨响的锅炉里,人们正从四面八方对着这锅炉猛打。

夜幕又降临了。我们由于心情紧张而变得麻木。这是一种致命的紧张情绪,它像一把有缺口的小刀顺着我们的脊髓刮着。我们的腿不听使唤,两只手颤抖着,身体成了一张薄薄的皮,绷在艰难克制着的疯狂上面,绷在随时都会暴发出的无法克制的吼叫上面。我们再也没有皮肉和肌肉了,因为害怕发生什么意想不到的事情,我们已经不敢相互对视。于是我们咬紧牙关,心想:会过去的,会过去的,也许我们会脱离险境。

附近一下子就没有了爆炸。炮击仍在继续,但是都打在后面,我们的战壕安全无事了。我们大家抓起手榴弹,把它们扔到掩蔽壕前面,顺势跳了出去。密集的连珠炮火已经停止,取而代之的是猛烈的掩护炮火,就在我们后面。进攻开始了。

没有哪个人会相信,这片被炸得坑坑洼洼的不毛之地上还会有人，但是现在，到处都有钢盔从战壕里露出来，离我们五十米远的地方，一挺机关枪已经架设起来，立即嗒嗒嗒地开始扫射。

铁丝网已被打得支离破碎。然而它们多少总还是造成一些障碍。我们看到冲锋的敌人过来了。我们的炮兵部队开火了。机关枪嗒嗒嗒地扫射着，步枪啪啪地响着。他们从那边往这里逼近。海埃和克罗普开始扔手榴弹。为了让他们尽可能快地把手榴弹扔了出去，我们递给他们的手榴弹，柄上的引爆线都已拉开。海埃能扔六十米远，克罗普五十米，这都检验过，这点很重要。敌人从那边过来，在奔跑中是没有什么作为的，只有到达三十米处才能干出点什么。

我们一看就认出那些扭曲的脸和扁平的钢盔，是法国人。他们到达残存的铁丝网时，遭受的损失已很明显。他们一整个行列都被我们旁边那挺机关枪撂倒了。后来我们的机关枪多次出现卡壳，他们就靠得更近了。

我看见他们中间有一个人跌到封锁线上的铁蒺藜里去了，他的脸高高地抬起，身体慢慢往下倒，一双手仍然垂挂着，仿佛要祈祷似的。随后他的身体完全倒了下去，只有被击中的一双手连同胳臂的残部仍挂在铁丝上。

在我们正要撤退的那一瞬间，前面有三张脸从地上抬了起来。在一顶钢盔下，露出一撮黑乎乎的山羊胡子和两只眼

睛，眼睛死死地盯着我。我举起一只手，但是我没法把手榴弹甩到这双异样的眼睛上。在疯狂的一瞬间，这场血肉屠杀宛如一个马戏团在我周围飞快地旋转，唯独这双眼睛一动也不动，随后那边那个头就伸了上来，然后是一只手，一个动作，我的手榴弹甩了出去，朝他飞去。

我们跑回来，把封锁线上的铁蒺藜拉到战壕里，把引爆线已经拉开的手榴弹扔到我们后面，以保证我们在火力掩护下顺利撤退。下一个阵地的机关枪已经开火了。

我们已经变成危险的野兽。我们不是在战斗，而是为了免遭消灭而保卫自己。我们扔出手榴弹不是为了对付人。关于人，我们在这一瞬间又知道些什么呢！死神在那里举着双手，戴着钢盔跟在我们后面追逐，三天来我们才第一次看到死神的脸，也是三天来第一次对他进行抵抗，我们怀着疯狂的愤怒，不再束手无策地躺在断头台上等待，我们可以破坏和杀戮，为了拯救自己，也为了进行报复。

我们蜷伏在每一个角落里，蜷伏在每一个装着带刺铁丝网的鹿寨后面，我们在奔跑之前，把一捆捆炸药抛到冲过来的敌人脚下。手榴弹爆炸的响声猛烈地冲击着我们的胳臂和腿，我们像猫一样低着头、缩着身子跑着，我们被这种声波淹没，这种声波在支撑我们，使我们变得残酷，变成拦路抢劫的强盗，变成杀人凶手，变成我眼里的那种魔鬼。这种声波让我们在恐惧、愤怒和求生时增加了许多倍的力量，它敦促我们寻求拯救，并通过战斗争得拯救。即使是你的父亲和他们那边的人一道冲来，你也会毫不犹豫地把手榴弹朝着他的胸脯扔过去！

前面的几条战壕已经被放弃了。那还是战壕吗？它们已被炮火毁了，荡然无存——只留下战壕的零星断片，由通道连起来的洞，一窝窝的弹坑，除此之外再没有别的什么。但是敌人的伤亡人数也在增加。他们没有估计到会遇到如此顽强的抵抗。

将近中午了。太阳火辣辣地晒着，汗水刺得我们眼睛发痛，我们用衣袖把汗水擦去，有时还带着血。第一条保存得略好一些的战壕出现在我们眼前。那里已经驻扎了部队，正准备反攻，他们允许我们加入。我们的炮兵开始猛烈地轰击，挡住了敌军的进攻。

我们后面的队伍停住了。他们无法继续前进了,进攻已被我们的炮兵粉碎。我们等待着。炮火延伸到一百多米远,我们又冲向前去。在我身旁,有一个二等兵的脑袋被打了下来。鲜血像喷泉一样从他的颈子里喷射出来,就这样,他还跑了好几步。

还没到真正肉搏的时候,敌人只好退回去。我们又来到我们那被打得七零八落的战壕,越了过去向前冲过去。

啊,我们掉头了!我们来到掩蔽得很好的后备部队阵地,我们真想爬进去,躲在那里——可我们不得不又掉转身子,投入恐怖中去。在那一瞬间,要不是在机械般行动,我们就会精疲力竭地继续躺着,毫无意志。但是我们又被拖着一道前进,毫无斗志,野蛮和愤怒却几近疯狂,我们要杀戮,因为那边那些人现在就是我们的死敌,他们的步枪和榴弹对准着我们,如果我们不消灭他们,那么他们就会消灭我们!

这片褐色的土地,这片四分五裂、支离破碎的褐色土地,在太阳的照射下闪烁着油光,这片土地就是始终昏昏沉沉的机械人的背景,我们的喘息如同钟表发条在咯咯作响,我们的嘴唇干燥,我们的脑袋比夜里狂饮后还要混乱——就这样,我们踉踉跄跄地向前走,逼进我们千疮百孔的破碎灵魂中的,是这样一幅令人痛苦的图景:闪烁着油光的褐色土地和抽搐着的垂死士兵,他们无力地躺在那里,当我们从他们身上跳过去

时，他们就抓住我们的腿，号叫起来。

我们已经丧失彼此之间的一切感情，当我们忧虑的目光落到别人的身上时，根本无法控制自己的作为。我们是毫无感觉和感情的死人，因为有人玩了一个诡计，施了一种冒险的魔法，竟然能够奔跑，能够杀戮。

一个年轻的法国兵落在队伍后面，我们追上了他，他举起双手，一只手里还握着左轮手枪——谁也不知道，他是想开枪还是想投降——一锹猛击下去，就把他的脸劈开了。第二个法国兵看到了，试图继续逃跑，一支枪刺随即哧的一声插入他的脊背。他张开双臂向上跃起，嘴巴大张痛苦地号叫着；他跌跌撞撞地跑开，那支枪刺还在他脊背上颤动着。第三个法国兵扔掉步枪，蹲了下来，双手捂住眼睛。他和其他几个俘虏留了下来，运送伤员。

突然间，我们在追击中冲入敌人的阵地。

我们紧跟在撤退的敌人后面，几乎是同时到达了那边。因此，我们所受的损失就很小。一挺机关枪嗒嗒地狂吼，但是一颗手榴弹就把它解决了。然而，短短几秒钟的时间也完全够让我们五个人腹部中弹。卡特用步枪柄把一个未受伤的机关枪手的脸打得稀巴烂。其他人还没来得及把手榴弹掏出来，就被我们刺死了。随后，我们就贪婪地喝着用来冷却机关枪的水。

到处都有钢丝钳在发出咔嚓的响声，到处都有木板扑通扑通地被搁到铁丝网上，我们穿过狭窄的通道跳进了战壕。海埃用他的铁锹把一个身材魁梧的法国兵的脖颈劈开，扔出他的第一颗手榴弹；我们俯身在一堵胸墙后面，躲了几秒钟；后来我们前面那段笔直的战壕已经变得空荡荡了。接下来的一颗手榴弹嗞嗞响着斜飞到那个角落，扫清了道路；我们跑过去时把集束手榴弹投入掩蔽壕，大地震颤着响起爆裂声，一时间烟雾腾腾，有人在呻吟；我们跌跌撞撞地跨过滑溜溜的人肉碎片和一具具软绵绵的尸体；我跌进一个裂开的肚子里，那肚子上还搁着一顶崭新的、干干净净的军官帽。

战斗停止了，我们跟敌人的接触也中断了。我们不可能长时间待在这儿，需要在我方炮兵的掩护下撤回我方阵地。我们一获悉这一情况，就以极快的速度冲进靠得最近的掩蔽壕，在撤退前把我们看得到的罐头，尤其是腌牛肉和黄油罐头通通拿走。

我们顺利地退回来了。眼下那边没有再发动进攻。我们躺着喘息和休息了一个多小时，没有人说话。我们已经精疲力竭，虽然饥肠辘辘，却没有哪个人想到那些罐头。又过了好一会儿，我们才逐渐恢复得像个人的样子。

那边的腌牛肉在整个前线都是很出名的，有时候甚至可以成为我方发动一次突然袭击的主要原因，因为我们的给养通常是很差的，我们经常忍饥挨饿。

我们一共搞到五个罐头，可以说是非常奢侈了。那边那些人的给养很好，对比之下，我们就是挨饿的可怜虫。我们吃的是萝卜酱，而他们那边伸手就有肉，要多少有多少。此外，海埃还搞到一片薄薄的法国面包，塞到腰带后面，宛如一把铁锹。面包的一个角上还沾着一点儿血，切掉就行了。

真是很走运，我们现在有好东西吃了，毕竟我们的力气是

很有用的。吃得饱饱的，其价值跟一条好的掩蔽壕不相上下。我们那么贪吃，就因为这可以拯救我们的生命。

恰登还缴获了满满两水壶法国白兰地。我们一个个传递着喝。

夜的恩典开始了。夜幕降临，一团团迷雾从弹坑里升起。看起来，这些洞里仿佛藏满幽灵般的秘密。白茫茫的水汽怯生生地在周围爬行，渐渐才放胆越过边沿悄悄溜走。接着，长长的雾痕就从这个弹坑连到那个弹坑。

天气阴冷。我放着哨,眼睛凝视着黑暗。我心绪不佳,每次进攻之后都是这样,因此要我独自一人愁肠百结地待着思考是很困难的。所说的思考,实际上并不是思考,而是回忆,在我虚弱的时候向我袭来,让我产生了一种古怪的情感。

照明弹往空中直蹿——我看到一种情景:一个夏日夜晚,我在大教堂的十字形回廊里,望着小十字形花园中央盛开着高高的玫瑰花的灌木丛,花园里埋葬着大教堂的圣职人员。大教堂四周都是耶稣受难的石刻图像。那里一个人也没有,一种无边的寂静笼罩着这盛开着玫瑰花的四方形院子,太阳光把厚重的灰白石头照得暖融融的,我把手放到上面,感到一阵温暖。在石板瓦屋顶右边那个角落上方,绿色的大教堂尖塔高高地耸立在傍晚柔和的浅蓝色天空中。十字形回廊那些闪闪发亮的小柱子中间,有一种教堂所特有的凉爽的幽暗氛围,我站在那里,想着我到二十岁时可能会体验到的撩得人心乱的爱情。

这情景近得令人惊愕,它使我心情异常激动,可随后就在接下来的一颗照明弹的亮光中融化了。

我抓起自己的步枪,检查一下功能是否正常。枪管有些潮湿,我一只手握住枪管,用手指把水迹擦去。

在我们城后的几片草地之间有一条小溪,小溪旁耸立着一列老白杨树,从老远的地方就可以望见。虽然它们只长在小溪的一侧，我们却还是管那条河边路叫白杨树大道。我们小时候就非常喜欢这些老白杨树，它们有种莫名的吸引力，让我们逃课前往，在那儿待上一整天，倾听它们簌簌作响。我们坐在小溪岸边的树下，两只脚荡在清澈、湍急的溪流里。溪水纯净的香味和风吹白杨树的旋律左右着我们的幻想。我们非常喜欢它们，那些日子历历在目，至今仍使我的心激烈地搏动，久久不能平静。

真奇怪，所有奔涌而来的回忆都具有两种特质。它们总是极其宁静，这是最主要的特质，即使并没有那么宁静，可给人的印象总是如此。它们是没有声音的幻影，用眼神和手势对我说话，没有言语，悄无声息——而这种沉默就是一种警示，逼迫我挽起衣袖，握住步枪，以免我在自由的诱惑中不能自持，舒舒服服地把身体伸展开来，消融在回忆背后寂静的巨大力量中。

它们如此的宁静，恰恰因为对我们来说，此刻宁静是如此遥不可及。前线压根儿就没有宁静，而前线的邪力又扩展得如此广大，以致我们从未能逃脱。即使在离此地很远的兵站和休息营

地，炮火的嗡嗡声和低沉的轰隆声依然在我们的耳际回响。我们从来没有去过远到听不见这些响声的地方。在这些日子里，那真是让人无法忍受。

就是因为这种静谧，往昔的一幕一幕所唤起的，与其说是愿望，不如说是悲伤——一种巨大的、令人不知所措的空虚和沉重的感觉。我们曾经拥有那些渴望，但是它们一去不复返。它们已经逝去，它们属于另一个世界，那个世界对于我们来说已经消逝。在练兵场上，那些渴望曾唤起一种叛逆的、野性的欲望，想唤回这些渴望；那时它们还和我们联系在一起，我们属于它们，它们属于我们，即使我们与它们早已分离。它们在军歌中出现，每当我们在朝霞和黑黝黝的树影之间齐步行进到荒原去操练时，我们总要唱这些军歌，它们是隐藏在我们心里和发自我们内心的一种强烈的记忆。

然而在这儿的战壕里，我们已经失去了这种记忆。它们再也没有出现在我们心中——我们已经死了，而它们却远远地站在地平线上，成了一种幻影，一种捉摸不定的反照，老是缠住我们，我们既害怕它们，又绝望地爱着它们。它们很强烈，而我们的欲望也很强烈——但是它们却遥不可及，我们很清楚这一点。这跟要当将军这种愿望一样，是徒劳无益的。

况且，即使把我们青年时代的图景还给我们，我们也可能不知道该如何是好。由它们传递给我们的柔弱而又神秘的力量，已不可能复活了。我们渴望待在它们中间，在它们中间绕行；我们也可能回忆起它们，爱着它们，一看到它们就会心潮起伏。然而这可能和我们面对亡友的遗像而陷入沉思的情况完全相同：那是他的容貌，那是他的面庞，和他在一起的日子在我们的记忆中呈现为一种伤感的生活；但那已不再是原来的他了。

我们再也不会像过去那样和那些景象联系在一起了。吸引我们的并不是对其美丽和情调的认识，而是那种情感的交融，即与我们生活中的事物息息相关的兄弟情谊。这种情谊给我们划了界限，让我们与父母的世界相隔，让那个世界变得不可理解——我们那时对那个世界总是温存倾心，热情献身，连最细小的东西也会流入永恒的长河。也许这只是我们青年人的特权——但现在我们拒绝界限，也不承认哪里是终点；我们的血液里有一种期望，它让我们与我们岁月的历程合二为一。

今天，我多想像旅行者一样，在我青年时代的景象中漫游。我们已经被事实焚毁了，我们已经像商人一样懂得鉴别，像屠夫一样懂得必要性。我们已经不再无忧无虑了——我们已经完全漠不关心了。我们真想待在那里，但是我们真能在那里生活吗？

我们如孩子般遭遗弃，又像老年人那样沧桑；我们既粗鲁，又悲伤，又肤浅——我想，我们是迷失了。

我的双手变得冰冷，我的肌肤在颤抖，可这是个温暖的夜。只有雾是冰冷的，这可怕的雾，它在我们前面的死人身上潜行，吸吮着他们最后一点畏缩的生命。明天，他们将变得惨白，甚至发绿，他们的血也将凝固，变成乌黑的。

照明弹一直在飞向空中，把它们冷酷无情的光投向木然的大地，这地方已经像月亮一样布满了环形山和冷冰冰的光。我皮肤下面的血液把恐惧和不安带到我的思想中。我的思想变得很脆弱，颤抖着，希望得到热量和生命。没有安慰，没有幻想，我的思想就无法坚持下去，就会在赤裸裸的绝望的情景面前不知所措。

我听到饭盒咔嚓咔嚓的响声，立即产生了一种想吃热食的强烈欲望，那会对我有好处，也会让我镇静下来。我勉勉强强地强迫自己耐心等候别人来换班。

稍后我走进掩蔽壕，找到一大杯大麦糁儿。那是用油脂煮的，味道很美，我慢慢地吃着。其他人的情绪都挺好，因为炮击已经停止了，但是我仍然不吱声。

日子一天天逝去，每一个小时都是不可理解的，又是不言而喻的。进攻和反攻交替着，在双方战壕之间的弹坑里，死人慢慢地堆积了起来。大多数离得不是非常远的受伤者，我们都能去抬回来，但是也有一些人不得不躺很久，我们就这样听着他们垂死的呻吟。

有一个伤员我们寻找了两天还是没有找到。他一定是趴在某处，自己不能翻身，不然无法解释为什么我们找不到他，因为只有当一个人把嘴巴紧贴在地面上叫喊时，才会很难确定其方位。

他一定是很不幸地被击中了，所受的是一种相当糟糕的伤，既没有严重到可以迅速耗尽他的体力，让他处于半昏迷状态，也没有那么轻，让他能怀着恢复健康的希望而忍受得住疼痛。卡特认为，他要么是骨盆被打碎，要么是脊椎中了弹；胸脯没有受伤，否则他没有那么多的力气叫喊；假如是别的伤，那么必定可以看到他挪动。

他的嗓音渐渐嘶哑了，听起来是那么凄厉，仿佛来自四面八方。第一天夜里，我们的人到外面去找了三次。每次他们都以为找到了方向，并往那方向爬过去，但再次凝神谛听，那声音却又像是从别的什么地方传过来的。

我们一直寻找到破晓时分，仍然毫无结果。白天，我们用望远镜仔细地搜索过那一带，也没有发现什么。第二天，那个人喊叫的声音更低了。由此可知，他的嘴唇和嘴都已经干了。

我们的连长许诺，谁能找到他，就可以优先轮到休假，而且再多给他三天假期。这是一种重大的奖励，但是即使没有这个，我们也会尽一切可能去做，因为那哀号声太可怕了。卡特和克罗普甚至在下午还出去找了一趟。阿尔贝特有一个耳垂也在搜寻时被枪打掉了，结果却是白跑一趟，他们并没有带着他回来。

可以很清楚地听到他在喊什么。起初，他只是喊救命。到了第二夜，他必定有点发烧，开始跟他妻子和孩子们说胡话，我们经常可以听到埃丽泽这个名字。今天他只是哭泣。晚上，他的嗓音已经减弱成沙哑的声音，但他还是轻轻地呻吟了整整一夜。我们听得清清楚楚，因为风正朝我们的战壕这里吹。到了早晨，我们都以为他早已长眠了，却还有一阵漱喉般的咕噜声传了过来。

这些天天气挺热的。死人都躺着没有埋葬。我们没法把他们都弄回来，即使弄回来，我们也不知道该怎么办。榴弹会把他们埋葬的。有些死者的肚子鼓得像气球一样。他们发出咝咝的声音，打着嗝，挪动着。他们身体里的气体在咕噜咕噜地响着。

天空湛蓝，万里无云。晚上天气闷热，热气从地里升起。每当风朝我们这边吹来的时候，总是把血腥的气味也带了来，既浓烈，又带点令人讨厌的甜味，从弹坑里发出来的这股死人的气息，仿佛是氯仿和腐烂气味混合起来的，让我们直犯恶心，老想呕吐。

几个晚上都很平静，人们纷纷出动，去寻找榴弹的铜制弹带和法国照明弹的绸降落伞。谁都不知道为什么炮弹弹带那么受青睐，收藏者仅是简单地说，那玩意儿很名贵。有些人捡了非常多，我们离开时，看到他们在这些东西的重压下弯着身子歪歪斜斜地拖着脚步行走。

海埃至少提出了一个理由：他想把这东西送给他的未婚妻，当作袜带使用。对于这个理由，那些佛里斯兰人自然爆发出一阵欢快的笑声。他们拍打着自己的膝盖，这真是个玩笑，哎呀，这个海埃，可真机灵啊。尤其是恰登，他简直控制不了了：他手拿一个最大的环，时不时地套到自己的一条腿上，看看留下的空隙有多大。"海埃，你这家伙，她的两条腿一定要……两条腿……"他的念头又上了一个高度，"她的屁股一定要……要像……要像一头大象那样。"

他还嫌说得不够。"我倒想跟她玩一次'猜猜谁打了你屁股'的游戏[1]呢，我的嘴……"

海埃因为他的未婚妻受到如此多的赞扬而容光焕发，他得意扬扬又简单直接地说："她很壮实！"

---

1 做这游戏时，一人蒙上眼睛弯着腰，猜拍他屁股的人是谁。

绸降落伞的用途更加实际。按照胸围的大小，三个或四个降落伞就可以做成一件女式衬衣。我和克罗普把它们当作手帕来用，别的人把它们寄回家里去。要是女人们能亲眼看到，这些薄薄的布片是冒了多大的危险才得来的，她们想必会大惊失色。

卡特突然望着恰登，恰登正非常镇静地设法从一颗没有爆炸的炮弹上把几个环敲下来。要是别人这样做，那东西想必会爆炸的，可恰登的运气始终很好。

一天，有两只蝴蝶整个上午都在我们战壕的前面翩翩起舞。是两只柠檬色蝴蝶，黄色的翅膀上有红色的斑点。是什么引诱它们飞到这里来的啊？这儿没有一株植物，也没有一朵花。它们在一个骷髅的牙齿上歇息。鸟儿早已习惯了战争，也像它们一样无忧无虑。每天早晨，云雀从无人地带飞起来。一年以前，甚至可以看到孵蛋的云雀，它们还把幼云雀带上天空。

有一阵子，战壕里没有老鼠，我们过了一段清静日子。它们都跑到无人地带去了——我们知道它们都干什么去了。它们都养得肥肥的，我们看到一只，就用枪把它崩了。夜里，我们又听到那边隆隆的滚动声。白天我们只遇到一般的炮火，所以还可以修补战壕。娱乐消遣也有的是，飞行员们很给面子，每天都有无数次空战可以观赏。

战斗机倒可以忍受，但是侦察机却像瘟疫一样遭人恨，因为它们把炮火引到我们这里。它们出现数分钟后，榴霰弹和榴弹就发射过来了。我们有一天就这样损失了十一个人，其中有五个卫生兵。有两个被炸得稀巴烂，恰登说可以用调羹把它们从战壕墙上刮下来，埋葬在饭盒里。另外一个的下半身连同两条腿都被扯了下来，人死了，胸脯还倚在战壕的一侧；他的脸呈柠檬黄色，一支香烟仍然在大胡子中间烧着，闪烁着微光，一直烧到唇上才熄灭。

我们暂时把死者的尸体放到一个大弹坑里。到目前为止，一层叠一层共叠了三层。

突然，猛烈的连珠炮火又开始了。我们很快又坐了下来，怀着紧张和麻木的心情无聊地等待着。

进攻，反攻，冲锋，反冲锋——不过是些词语，但是它们包含着什么样的内容啊！我们损失了许多人，大多数是新兵。我们这个地区又来了增援部队，是一个新编的团，差不多全是最近征召的年轻人。他们几乎没受过什么训练，只学了点理论知识就上了战场。他们固然知道什么是手榴弹，但是对于掩蔽，却知道得极少，首先他们在这方面没有识别力。地面上的凸地得有半米高，他们才会看得到。

尽管我们迫切需要增援，但是我们对新兵所做的工

作，几乎多于他们对我们的用处。在这遭受猛烈攻击的地区，他们简直束手无策，都像苍蝇一样倒下去。今天的阵地战要求知识和经验，一个军人必须了解地形，耳朵必须能听出各种炮弹的响声和威力，必须能够预先确定它们会落到什么地方，它们爆炸时怎样炸开，以及应该怎样保护自己。

对于所有这些事情，这些年轻的援兵当然几乎什么也不知道。他们之所以被炸死，就是因为他们对榴霰弹和榴弹几乎辨别不清；这些人之所以像割草一样被扫杀，就因为他们只是恐惧不安地倾听那些并不危险的、远远落在后方的大口径炮弹的怒吼声，而没有注意去听那些低而平地喷射着的小小鬼东西那轻轻的嗞嗞呼啸声。他们像羊群一般挤在一块儿，而不是分散跑开，甚至受伤的人也像野兔子一样遭飞行员扫射而死。

这些可怜的狗崽苍白的甘蓝般的脸，可怜的紧紧握住的手，这些可怜的狗崽那悲惨的勇气，这些勇敢而又可怜的狗崽拼命地冲锋和进攻，却又那么胆怯，他们不敢大声喊叫，胸脯、肚子、胳臂和两腿被炸开了，也只好轻声地哭喊，叫他们的母亲，而当有人看到时，他们立即就停止了！

他们那些死人般的、长着绒毛的、尖尖的脸庞有着夭折的儿童那种毫无表情的可怕样子。

观看他们怎样跳起来、奔跑和倒下去，我们的喉咙里仿佛有什么东西卡住似的。我们真想狠揍他们一顿，因为他们太愚蠢了，真想捉弄他们一番，然后把他们弄走，他们在这里是不可能找到什么东西的。他们穿着灰色的上衣、裤子和靴子，但是大多数人穿的制服都太大，挂在他们肢体上直晃荡；他们的肩膀太窄，身体太小，从来就没有按照这种小孩子的身材裁制的军服。

阵亡一个老兵，通常就会死五至十个新兵。一次突然发动的毒气进攻夺走了他们许多人的生命。他们尚未学会预感自己的遭遇。我们发现了一个掩蔽壕，里面塞满了他们的尸体——脑袋发青，嘴唇发黑。他们躲在一个弹坑里，过早地把防毒面具松开；他们不知道，毒气在坑底停留的时间最长；他们看到上面的其他人已不戴防毒面具，就把自己的也摘了下来，吸进去的毒气，足够把他们的肺烧伤。这种情况是毫无指望的，他们透不过气来，最终因出血和窒息而死。

我突然在一段战壕里碰到希默尔施托斯。我们都俯着身子躲进同一个掩蔽壕。大家都上气不接下气地一个靠一个躺着，等待着冲锋到来。

尽管我非常激动，但是在向外冲的时候，我脑海里突然闪出这样一个念头：我没有再看见希默尔施托斯啊。我迅速跳回掩蔽壕，发现他躺在一个角落里，明明只是被枪弹擦破一点皮，却假装受了伤。他的脸像挨了一顿揍似的。他的神色恐惧不安，原来他在这里也是新手啊。但是增援的年轻新兵都已经冲到外面去了，而他还待在这里，这惹得我火冒三丈。

“快出去！”我吼叫起来。

他一动也不动，嘴唇在翕动，小胡子在颤抖。

“给我出去！”我又吼道。

他把两腿屈了起来，身子靠墙蜷缩着，像一条野狗般露出了牙齿。

我抓住他的胳臂，想把他拉起来。他尖声地喊叫。我已经控制不住自己了，抓住他的脖子，像对付一只口袋一样把他摇来晃去，于是他的头也跟着晃来晃去。我对他喝道：“你这坏蛋，你出不出去——你这条狗，你这虐待狂，你想躲起来？”他有些失魂落魄，我抓着他的头往战壕壁上撞去。“你这畜生，”我往他的肋骨踢去，“你这猪猡。”我把他推向前，让他的头先出去。

我方另一支像潮水般涌向前的队伍正好经过这里。其中有一名少尉。他看看我们，就喊道：“前进，前进，一起走，一起走！”我之前又打又骂都没能让希默尔施托斯挪半步，这几句话却立刻起了效果。他听到这位上级的话，如大梦初醒似的环顾四周，随即就跟着一起走了。

我跟在后面，看到他跳跃着向前。他又是练兵场上那个精神抖擞的希默尔施托斯了，他甚至已经赶上了那个少尉，而且还远远地冲到前面了。

猛烈的连珠炮火、掩护炮火、狙击火力、地雷、毒气、坦克、机关枪、手榴弹——这些词，这些词啊，它们包含着全世界的恐怖。

我们的脸上尽是污垢，我们的思想变成荒漠一片，我们精疲力竭；每当进攻来临时，我们不得不用拳头殴打一些人，好让他们醒过来，跟大家一起前进；眼睛发红了，手被划破了，膝盖流着血，肘部皮开肉绽。

是不是已经过了几个星期——几个月——几年？只过去了几天。我们看见时间在我们身边、在垂死的人那没有血色的脸庞上消失，我们把食物填进肚子，我们奔跑，我们投掷，我们射击，我们杀戮，我们到处躺下来，我们身体虚弱，感情冷漠，只有一种情况在支持我们，那就是，还有比我们更加虚弱、感情更冷漠、更加束手无策的人存在，他们瞪大眼睛看着我们，把我们看成能从死神那里逃生的众神。

在短短几个小时的休息时间里，我们对他们进行了指导。“那里，你看见那摇摇晃晃的尖头吗？那是一颗迫击炮弹，它正往这里来！你就这么躺着，它会朝那边飞过去。但是如果它这么打来，那么你就要赶紧逃！迫击炮弹是可以躲避的。”

我们使他们的耳朵变得更灵敏，教他们去听小型炮弹发出来的极其险恶的嗡嗡声，这种声音人们几乎听不到，他们得

从一般的喧闹声中识别出那像蚊鸣一样的嗡嗡声——我们告诉他们，这种小型炮弹比起那些早就可以听到响声的大型炮弹更加危险。我们做给他们看，遇到敌机要怎样隐蔽，受到攻击时被敌人追上该怎样装死，如何准确计算，才能让手榴弹在着地前半秒钟爆炸；我们教他们在面对带有触发起爆信管的榴弹时如何闪电般地扑到弹坑里去，我们示范给他们看如何用一捆手榴弹炸开一条壕沟，我们给他们讲解敌方手榴弹和我们的手榴弹在起爆时间长短方面的区别，我们还教他们注意毒气弹的响声，告诉他们避免死亡的种种诀窍。他们静静地听着，都很顺从——但是在又一次开始攻击时，他们在激动之中往往又把事情做错了。

海埃·韦斯特胡斯背部被炸裂开，于是被送走了。他每次呼吸时，别人都可以通过伤口看到他的肺在搏动。我只能握住他的手——“我完蛋了，保罗。”他呻吟着，疼得咬住自己的胳臂。

我们看到头盖骨被炸飞的人还活着；我们看到两只脚被炸碎的士兵在奔跑；他们靠着碎裂的脚部残肢踉踉跄跄地拐进了最近的一个坑洞；一个二等兵用两只手爬了两公里远，拖着自己被炸烂的膝盖向前；另一个二等兵朝急救所走去，手里捧着从肚子里滑出来的肠子；我们还看到一些没有嘴巴、没有下巴、没有脸庞的人；我们发现有个人用牙齿紧紧咬住一只胳臂上的动脉两个小时，以免自己因出血过多而死去。太阳升起，黑夜来临，榴弹一直在呼啸，生命已到了终点。

然而，我们躺在这一小块被翻得到处坑坑洼洼的土地上，面对敌人的压倒优势却依然坚守着，仅仅放弃了几百米。但是，每一米土地都有一人阵亡。

我们换防了。车轮在我们下面滚动，我们面无表情地站着，每当传来“当心——电线！”的呼喊声，我们就做下蹲的动作。当初我们经过这里时正是夏天，树木苍翠，现在它们已经呈现出秋季的色彩了。夜色灰蒙蒙、湿漉漉的。车子停了，我们爬了下去——乱糟糟的一大堆人，全是各个部队的残余。两边黑压压地站着人，叫着团和连的番号。每叫一次，就有一小堆人分离出去，那是少得可怜的一堆脏臭苍白的士兵，少得可怕的一堆人，少得可怕的一堆残兵。

这时候，有个人喊我们连的番号，我们听出来，那人就是连长，他也是死里逃生啊，一只胳臂还吊在绷带里。我们朝他站过去，我认出了卡特和阿尔贝特，我们就站到一起，相互倚靠着，相互对视着。

稍后我们听到我们连的番号一次又一次被叫到。他很可能还要叫好久，在野战医院里和弹坑里的那些人，都听不到他的喊叫了。

又叫了一次:“第二连到这里来!”

然后放低声音又喊:“第二连再也没有别的人吗?”

他不再喊了,声音有些沙哑地问道:“就这些人吗?”最后他发出命令:“报数!”

早晨天色灰蒙蒙的,当初我们出来时一共有一百五十人,那时还是夏天。现在我们觉得很冷,已经是秋天了,树叶在沙沙作响,嗓音有气无力地飘着:“一——二——三——四——”报到三十二时就没有声音了。沉默了好一会儿,那嗓音才问道:“还有人吗?”——又等了一会儿,才低声地说:“成小队……”但是话又中断了,接着才艰难地喊出“第二连……”,随后把口令喊完:“第二连——便步——走!”

一行人,短短的一行人在清晨步履维艰地走着。

三十二个人。

第七章

我们被送到比以往更远的一个战地兵站，这样我们可以在那里重新改编。我们连需要补充一百多个士兵。

在此期间不值班的时候，我们就到处闲逛。过了两天，希默尔施托斯来到我们这里。自从到过战壕以后，他那副狂妄自大的嘴脸就消失了。他表示愿意和我们一起和睦相处。我倒很乐意，因为我看到海埃・韦斯特胡斯背部被炸裂时，他也跟大家一起把海埃送回来。此外，由于他说起话来也确实通情达理，他邀请我们去兵营食堂吃饭一事，我们没有拒绝。只有恰登仍然对他不信任，持保留态度。

然而，就连他后来也被争取过来了，因为希默尔施托斯对大家说，大厨房厨师休假去了，上级要他去代理厨师的职务。为了表达诚意，他立即给了我们两磅糖，另外还特别给了恰登半磅黄油。他甚至还设法在此后的三天里分派我们到厨房去削土豆和萝卜。在那里，他端给我们的食物，完全是无可指摘的军官伙食。

那时候，要成为一个幸福的士兵需要两个条件：吃得好和休息得好，这下我们都拥有了。仔细推敲一下，这也不是什么了不得的事儿，换作几年前，我们准会非常鄙视自己，可现在我们几乎可以说是心满意足。一切都是习惯，前线战壕里也不例外。

这个习惯就是我们看起来很健忘的原因。前天我们还受到炮火轰击，今天就傻乎乎地到乡间去讨东西，明天又要到战壕里去了。可我们实际上什么也没忘记。只要我们还在这战场上，那么前线的这些日子，就不会和时间一起逝去，它们会像一块块石头那样沉到我们的心底，它们太沉痛了，所以眼下无法深想。要是真的去想，那恐怕我们早就完蛋了，因为我已经悟到了这么一个道理：只要干脆屈从，那么恐怖就可以忍受；如果对此进行思考，那就会叫人活不下去。

正如我们一上前线就变成野兽一样，这是唯一可以让我们度过劫难的办法。一到休息时间，我们就变成了爱说俏皮话的人和懒懒散散的人，虽然这些都是假像。除此之外，我们什么都做不了，这是一种生存的需要。我们要不惜一切代价地活着，因而我们不能背上感情这个重负，尽管这种感情在和平时期是一种不错的装饰，但是放在这儿却不合适。克默里希已经死了，海埃·韦斯特胡斯濒临死亡，而汉斯·克拉默尔被子弹击中，人们不得不料理他的身体，得忙到世界末日。马滕斯的两条腿都没有了，迈尔死了，马克斯死了，拜尔死了，黑默尔林死了，一百二十个人中了弹，不知躺在什么地方，这是件该诅咒的事，但是和我们有什么关系呢？我们仍然活着。要是能救他们，那么人们会发现，我们一定会全力以赴，根本不在乎自己是否会完蛋。因为只要我们愿意，我们也会有些浪漫的愚勇。我们并没有多害怕——但是怕死，这倒是真的，不过这是另一回事，这是纯生理的感受。

但是我们的伙伴死了，我们没能帮助他们，他们安息了——谁知道等待我们的是什么。我们想躺下来休息，睡觉，或是吃东西，胃能容纳多少就吃多少，还有喝酒，抽烟，让时光不致在无聊中度过。生命是短暂的。

前线的恐怖，如果我们不加理会，它就会消失，我们经常用下流和愤怒的笑话来克服恐惧。有个人死了，我们就说他把屁股夹紧了，对于其他事情我们也这么调侃，这么做能防止发疯，只要采取这种办法，我们就能抵御崩溃。

但是我们什么都没忘！报纸战地新闻里报道了部队里美妙的幽默，说什么部队才从猛烈的连珠炮火中回来，就安排起舞会来了，这完全是胡说八道。之所以这么做，不是因为我们有幽默感，而是因为如若不然，我们就会完蛋。但这也很难长久，幽默感一个月比一个月更辛酸。

我知道，所有这一切，在战时全都像石头一样沉到我们的心底，战争结束后，又会苏醒过来，然后才会开始讨论生与死的问题。

在前线的一天天、一周周、一月月还会重新回来，而我们那些死去的伙伴又会站起来，和我们一道行进，我们的脑袋将会清醒，我们将有个目标，于是我们便这样行进，我们死去的伙伴就在我们身旁，前线的岁月被甩在身后：对付谁，对付谁呢？

不久前这一带有个前线剧场。在一道木板壁上，现在仍然贴着那时演出的彩色广告。克罗普和我目瞪口呆地站在广告前看，不敢相信自己的眼睛。广告上有一个姑娘身穿浅色的夏季连衣裙，腰间束着一条红色的漆皮皮带，腿上裹着白色的长筒袜，脚蹬漂亮的白色搭扣高跟鞋。她一只手撑在栏杆上，另一只手抓着一顶草帽。在她背后，浪涛起伏的蓝色海洋闪闪发光，旁边有一道港湾伸向海面，显得十分明亮。她是个非常标致的姑娘，窄窄的鼻子，朱红的嘴唇，细长的腿，令人难以想象的干净，保养极佳。她一天必定要洗两次澡，指甲缝里

没有一点污垢，最多也就是点海滩上的沙子罢了。

有一个男人站在她身旁，身穿白色裤子，蓝色上衣，戴着一顶帆船运动员帽，但是我们对他的兴趣要少多了。

那木板壁上的姑娘对我们来说是个神奇的尤物。我们完全忘记了还会有这样的好事，即使是站在图画跟前，我们也不敢相信自己的眼睛。毕竟，我们已经好几年没有见过这样的情景了，完全没有见过这么欢快、美丽和幸福的情景。这就是太平盛世，太平盛世必定是这样。我们感到无比激动。

“看看这双轻巧的鞋子，她要是穿着它行军，那连一公里也走不出去。”我说道，马上觉得自己很愚蠢，因为看到这样一幅画就想到行军，实在是太无聊了。

“你们猜她多大年纪？”克罗普问道。

我估计道：“最多二十二岁，阿尔贝特。”

“那就比我们大啰。我告诉你，她不会超过十七岁！”

我们身上马上起了鸡皮疙瘩。“阿尔贝特，那就有意思了，你怎么想？”

他点点头。“我家里也有一条白色裤子。”

“白裤子，”我说，“但是这样一个姑娘……”

我们相互打量了一下。这儿没什么值得夸耀的东西，每个人身上都是一套褪了色的补过的肮脏军装。没什么好比的。

因此我们首先就把那个穿白色裤子的男人从木板壁上撕下来，撕得小心翼翼的，以免伤到那个姑娘。这也算是成功地走近了一步。随后克罗普建议：“我们也可以捉一捉身上的虱子。”

我对此并不太起劲，因为这很伤衣服，而且两个小时后，身上又会有虱子的。然而当我们又仔细地观看这幅画以后，我表态愿意这么做。我甚至考虑得更远。“我们也可以看看，是不是可以找到一件干净的衬衫……”

阿尔贝特说：“能弄到穿靴子时用的袜套更好。”他这么说也不是没道理。

"袜套也许可以弄到。那我们就出去找一找吧!"

然而这时候,莱尔和恰登闲逛到这儿来了。他们看到那广告,谈话立刻就变得相当下流了。莱尔是我们班级第一个跟女人发生过关系的人,关于那种事,他有滋有味地叙述过令人兴奋的细节。他以自己的方式观赏着这幅画,恰登则非常支持他的观点。

这并没有让我们反感。要是一点都不下流,就不是士兵了,只是在这个时间点不太对我们胃口,因此我们就不紧不慢地走开了,向除虱站走去,都满怀高涨的情绪,仿佛那是一家高级男子时装商店。

我们宿营的那些房屋靠近一条运河。运河的那一边有好几个池塘,池塘周围种着白杨树——运河的那边也有一些女人。

我们这一边的房屋,原来的住户已经迁走了。而在另一边,时不时地还可以看到一些居民。

傍晚我们在运河里游泳。有三个女人沿着河岸走来。她们款步而行,目不斜视,尽管我们没有穿游泳裤。

莱尔向她们打招呼。她们笑了起来,停住脚步看着我们。我们用不连贯的法语对她们抛出几句话,这些话都是心血来潮时想到的,说得乱七八糟,而且急匆匆的,目的是拖住她们,不让她们走开。她们并不是多标致的女人，但是此刻在哪里找得到这样的人呢？

她们中有一个身材苗条、皮肤黝黑的姑娘。她笑起来时，可以看到她的牙齿在闪烁发光。她动作迅速，裙子宽宽松松地在她两条腿四周拍打着。虽然河水很冷，我们仍然非常快活，竭尽全力使她们产生兴趣，好让她们留在这里。我们尝试着说些笑话，她们也会回答，但我们听不懂她们的话；我们笑着，跟她们招手。恰登更加机智。他跑到屋子里，拿来一个粗面粉做的面包，并把它高高地举起来。

这一行动产生了极大的效果。她们点点头，招招手，要我们游到那边去。但是我们不可以这么做。到那边的河岸是违反军纪的。所有桥上都有士兵站岗。没有证件是做不到的。因此我们把话翻译过去，希望她们来我们这里，但是她们摇摇头，指着那些桥。人家也不会放她们过来的。

她们掉转身子，慢慢地往运河的上游走，但始终沿着河边走。我们在河里游着陪伴她们。过了几百米，她们拐了个弯，指着一幢房子，那房子就在稍远的地方，凸出在树木和灌木丛之上。莱尔问她们是否住在那里。

她们笑了——是的，那就是她们的房子。

我们对她们喊道，等到岗哨看不见我们时，我们会来的。要到夜里。今天夜里。

她们举起双手，合在一起，把脸搁到上面，随即把眼睛闭了起来。她们已经听懂了。那个身材苗条、皮肤黝黑的姑娘踏着舞步。一个金黄色头发的姑娘叽叽喳喳地说："面包……好……"

我们热情地保证，我们会把面包带来。而且还会带上其他好吃的食物，我们转动着眼珠，还试图用手势把它们描绘出来。莱尔为了想说清楚"一根香肠"，差点被淹死。要是真有必要，我们甚至会答应她们把军粮仓库的东西都拿来。她们走了，还不时掉转过身子看看。我们爬上我们这一边的河岸，留心看她们是否真的走进那幢房子里去，因为她们也有可能是在撒谎。然后我们又游了回来。

没有证件谁也不许过桥去，因此我们干脆等到夜里再游过去。我们心情非常激动，久久不能平静。没有酒很难在一个地方长时间待着，于是我们就到营房食堂去了。那里恰好有啤酒和潘趣酒[1]。

我们喝着潘趣酒，胡诌自己离奇的经历。每个人都乐于相信别人讲的内容，都在不耐烦地等待自己上场讲述更精彩的故事来压倒别人。我们的手停不下来，一支接着一支地抽香烟，直到克罗普开腔："其实我们也可以捎一点香烟给她们。"

---

1 葡萄酒、果汁、糖、茶或水加香料混合的一种热饮料。

于是我们就把香烟放到军帽里保存起来。

天空变得像一只还没有成熟的苹果那么绿。我们一共有四个人，但是只能有三个人去，因此我们必须把恰登摆脱掉。我们给他买了朗姆酒和潘趣酒，一直到他喝醉。天黑下来时，我们才朝我们的宿营房屋走去。恰登走在中间。我们怀着热烈的感情，心中充满着艳遇的欲火。那个身材苗条、皮肤黝黑的姑娘是我的，这我们已经分配和商定好了。

恰登往他的草垫上一倒，就发出鼾声来了。有一次他醒过来，对着我们龇牙咧嘴，奸诈地笑了笑，让我们大吃一惊，以为他在耍什么花招，我们花钱给他买的潘趣酒让他白喝了。后来他又倒了回去，继续睡觉。

我们每个人都拿好了一整块军粮面包，用报纸包起来。我们还把香烟也包在里面；此外，还有我们当天晚上才分到的三份很好的肝肠。这份礼物够像样的了。

我们暂时先把这些东西塞进我们的长筒靴里。长筒靴一定要带，以免到了对岸脚踩到铁丝和碎玻璃上。我们得先游过去，所以也不需要别的衣服。天色也够黑的，好在路程并不远。

我们动身了，把长筒靴拎在手里。我们迅速滑进水里，用仰泳方式游过去，把长筒靴连同里面的东西举在头上。

到了河对岸，我们小心翼翼地爬上去，把那包东西拿出

来，穿上长筒靴。我们把东西夹在胳臂下面。我们就这样湿淋淋地赤裸着身子，只穿一双长筒靴，开始小跑起来。我们很快找到了那幢房子。它黑乎乎地藏在灌木林中。莱尔被一个树根绊倒，肘部擦伤了。“没关系。”他高兴地说。

百叶窗关着。我们蹑手蹑脚地绕着房子走，试图从缝隙里窥视。后来我们变得不耐烦了。克罗普突然犹豫了。“如果有一位少校在里面和她们在一起，那可怎么办？”

“那我们就溜之大吉，”莱尔奸笑着，“在这儿他可以看出我们团的番号。”说着他拍了一下自己的屁股。

房屋的大门开着。我们的长筒靴发出相当大的响声。一扇门打开了，亮光透了出来，一个女人吃了一惊，叫了起来。我们说：“嘘，嘘，camerade—bon ami—”[1]一边还高高举起我们那包东西表示恳求。

另外两个姑娘这时也出现了，那扇门完全打开了，亮光照到我们身上。她们认出了我们，看到我们这副模样，都不禁笑了起来。她们在门框里前俯后仰，笑得克制不了。她们的动

1 法语：“同志——好朋友——”。camerade为camarade之误。

作多么轻快灵活啊!

“Un moment—”[1]她们走进去,扔给我们几件衣服,我们就凑合着把它们裹在身上。这样我们才可以进去。房间里点着一盏小灯,很暖和,散发出淡淡的香水味。我们打开各自那包东西,递给她们。她们的眼睛立即闪闪发光,看得出来她们都饿了。

随后我们大家都有点发窘。莱尔做了吃东西的手势,这才又活跃起来。她们把盘子和刀拿来,贪婪地大吃起来。她们在吃每片肝肠前,都要举得高高地先欣赏一番,我们坐在那里也感到自豪。

她们用她们的语言叽叽喳喳地跟我们说个不停——我们懂得不多,听得出来,她们说的都是友好的话。也许我们看起来都很年轻。那个身材苗条、皮肤黝黑的姑娘抚摸着我的头发,说了法国女人经常说的话:“La guerre—grand malheur—pauvres garçons—”[2]

我紧紧地握着她的胳臂,把我的嘴贴到她的手掌上。她的手指托住我的脸。紧挨着我的是她动人的眼睛、柔和的棕色皮肤和朱红的嘴唇。她的嘴在说着我听不懂的话。我也不完全理解她的眼神,这双眼睛所表达的,比我们到这里来时所

---

1 法语:“等一下——”。
2 法语:“战争——大灾难——可怜的小伙子——”。

预料的还要多。

隔壁还有几间房间。我经过走廊的时候看到莱尔，他跟那个金黄色头发的姑娘紧紧地抱在一起，还大声嚷着。他也是够内行的。但是我——我面对这陌生、温柔和狂热的体验，却束手无策。我只得听从它摆布。我的欲望奇特地混合着渴求与痛苦。我感到头晕，这里没有哪样东西可以依靠。我们把长筒靴留在门口，她们给了我们拖鞋。在这里，凡是能让我想起士兵的自信与把握的东西，都不存在了：没有步枪，没有腰带，没有军服，没有军帽。我听任自己落入隐隐约约的未知之境中，出现何种情况都无所谓——尽管如此，我还是有点害怕。

这个身材苗条、皮肤黝黑的姑娘在思考时眉毛总是在动，但是她说话时，眉毛却动也不动。有时她的声音还没有变成话就已经透不过气来，或是只说了一半就在我头顶上飞走了，仿佛是一条彩虹，一个天体的轨迹，一颗彗星。对此，我过去了解多少——现在又知道多少？——这种陌生的语言，我几乎一点也不懂，它使我昏昏欲睡，进入一种寂静之中，那房间就在这寂静中被半明半暗的光线照得模模糊糊，只有靠着我的这张脸还生动而且明亮。

一张脸真的可以变化无穷啊，一个钟头前它还是陌生的，现在却带着含情脉脉的神采，这种神采并非来自脸庞，而是来自黑夜、尘世和热血，这些东西仿佛集中在这张脸上放射出光芒。房间里的东西也受到感动而发生变化，变得很奇特。灯光投射到我浅色的皮肤上面，那只凉丝丝的、棕色的手从它上面抚摸过去的时候，我几乎对我的皮肤生出一种肃然起敬的心情。

所有这一切跟军人妓院里的情形是多么不同啊，那里是对我们开放的，门口排着长队。我真是不

愿去想那种情形，而欲望却让我不由自主地想到它，恐怕这辈子都摆脱不掉了。

我触到了那个身材苗条、皮肤黝黑的姑娘的嘴唇，我的嘴唇就紧紧地贴上去。我闭起眼睛，多么想用这样的方式将一切——战争、恐怖和卑鄙——通通忘却，让青春和幸福苏醒过来。我想到广告上的那个姑娘，刹那间，我感觉只有得到她才能活下去。于是，我往那拥着我的怀抱中钻，没准这样，奇迹就会出现。

……

后来，我们三个又碰头了。莱尔显得生气勃勃。我们跟她们亲切地告别，穿上自己的长筒靴。夜间微风拂面，让我们热乎乎的身体凉爽下来。高大的白杨树耸立在黑暗中，发出沙沙的响声。月亮挂在天空中，又浮在运河的水流里。我们没有奔跑，而是迈着大步肩并肩走着。

莱尔说："花一个军粮面包，很值。"

我根本没法开口，我一点也不快乐。

这时候，我们听到了脚步声，赶紧躲到一簇灌木林后面。

脚步声越来越近，紧靠着我们旁边过去了。我们看到一个赤裸着身子的士兵，跟我们一样穿着长筒靴，胳臂下面夹着一包东西，飞也似的向前奔跑。这个人就是恰登，他在全速前进。一会儿他就消失得无影无踪了。

我们都笑了。明天他一定会骂骂咧咧的。

我们神不知鬼不觉地回到自己的草垫上。

我被叫到办公室。连长把休假证和车票交给我,并祝我一路平安。我看了看有多少天假期。一共十七天——休假十四天,路程假三天。这太少了。我问他:我的路程假是否可以调整到五天。贝尔廷克指指我的休假证。我这才看到,我不必立即回到前线。休假期满后,我还要去野外营地报到,参加一个训练班。

其他人都很羡慕我。卡特给我出了个好主意,告诉我如何设法溜走。“如果你犹豫不决,那就耽搁了。”

其实我宁可一星期后再走,因为我们本来也会在这里住到那时候,而且这里挺好。

当然,我必须在营房食堂里请每个人喝酒。我们大家都有点醉了。我闷闷不乐,我要离开这里六个星期,当然是福星高照,但是我回来时,情况会是怎样呢?我还会在这里再见到所有的人吗?海埃和克默里希已经不在了——下一个会是谁呢?

我们畅饮着,我一个接一个地看过去。阿尔贝特坐在我身旁,抽着烟,他很快活,我们总是在一起的;对面蹲着卡特,肩膀耷拉着,大拇指宽宽的,嗓音从容不迫;米勒有点龅牙,笑声朗朗;恰登一双眼睛跟老鼠一样;莱尔蓄着大胡子,看上去像是四十岁了。

我们的头顶上飘着浓烟。对士兵来说，没有烟草是难以想象的！营房食堂是个避难所，啤酒不只是一种饮料，它是一种标志，表明人们可以毫无危险地舒展四肢，伸伸懒腰。这事儿我们干得井井有条，干净利落。我们舒舒服服地抻开双腿，不慌不忙地吐着痰。一个人明天就要启程了，这时就会有各种事情冒出来！

夜里，我们又到运河对岸去了。都不敢告诉那个身材苗条、皮肤黝黑的姑娘，说我就要走了，而且等到我回来时，也肯定会离开这里很远；我们再也不可能重逢了。但她只是点头，没有流露出过多的情绪。我起初简直无法理解她的反应，可是后来我明白了。莱尔说得对：要是我去了前线，那么她肯定又会这么说"pauvre garçon"；但是去休假——她们都不爱听，这并不是那么有趣。让她们叽叽喳喳的废话见鬼去吧。人们梦想发生奇迹，可现实不过就是一只军粮面包。

第二天早晨，我清完虱子后，阿尔贝特和卡特陪我一起去军用火车站。在车站，我们听说火车大概要过几个钟头才会开。他们两人要回去值班，我们于是相互道别。

"祝你好运，卡特。祝你好运，阿尔贝特。"

他们走了，还挥了几次手。他们的身影越来越小。我对他们的每一步、每个动作都很熟悉，即使离得很远，我也能认出来。后来他们就消失了。

我坐到自己的背包上等候。

突然,我心急如焚,恨不得马上就离开。

已记不清在多少月台上躺过,在多少家流动厨房前站过,在多少木板条上蹲过,终于,那压抑、神秘而熟悉的景色跃入了眼帘。在暮色下的车窗外,掠过一座座村庄,村庄里的茅草屋顶宛若帽子盖在粉刷过的木架房屋上,一块块谷物种植地,像贝母一样在斜阳中闪闪发光,一片片果园,一个个粮仓,以及一棵棵老菩提树。

慢慢地,车站的名称能看懂了,我的心也就颤抖起来。火车隆隆地向前进,我站在车窗旁,抓住窗框。这些名称便是我青年时代的分界。

平坦的草地,农田,农家院落,一辆畜力车在天幕下孤单地沿着与地平线平行的道路行进。农民在道口杆前面等待,姑娘们在招手,儿童们在铁路路堤旁玩耍,还有通往农村的道路,平坦的、没有炮兵部队的道路。

已经是晚上了,如果火车没有发出隆隆的响声,我必定会叫喊起来。广阔的平原展现在眼前,蔚蓝的光线中,山脉边沿的剪影开始在远方升起。我认识多尔本贝格独特的线条,那锯齿形的山脊,就在树林的顶端陡峭地矗立着。接着到来的必定是城市。

但是这时候，金红色的光模模糊糊地流遍大地，火车隆隆地驶过一个又一个弯道；远处，白杨树一棵接一棵地挺立着，形成长长的一行，看上去隐隐绰绰，虚飘飘，黑黝黝，仿佛这景象是由阴影、光和渴望构成的。

原野和这些白杨树慢慢地旋转过去，火车绕着它们行驶，树与树的间隙在缩小，变成了一大块，转瞬间我就只看到一棵白杨树了。后来，别的白杨树又重新出现在最前面的那棵白杨树后面，它们排成单行，久久地立在天边，直至第一批房屋把它们遮蔽。

到了一个铁路交叉道口。我站在车窗旁，不想离去。别人已经在收拾行李准备下车了。我自言自语地念着我们就要穿过的那条街道的名称：不来梅街——不来梅街……

下面是骑自行车的人、车子、行人，这是一条灰蒙蒙的街道和一条灰蒙蒙的地下通道。它使我心潮起伏，仿佛它就是我的母亲。

随后火车在一个车站停了下来，这里十分嘈杂，人声鼎沸，来来往往全是哨兵。我扛起背包，挂好钩子，把步枪握在手里，跌跌撞撞地走下梯级。

我在站台上四下张望，在来去匆匆的人群中间，我一个人也不认识。一个红十字会护士给了我一点东西喝。我转过身

子，她对我笑得太傻，而且一心以为自己非常了不起：你们瞧，我给一位士兵咖啡喝。她称呼我为“同志”，可我偏偏一点也不领情。

车站前头有一条河在街道旁潺潺地流着，白花花的河水是从磨坊桥的水闸里冲出来的。那座古老的四方形瞭望塔楼就耸立在旁边，它的前面是那棵挺拔的花花搭搭的菩提树，背景则是苍茫的暮色。

我们经常在这里坐着——那是多少年前的事啊——那时我们走过这座桥，就闻到被截流的死水那冰凉、腐朽的气味，我们就在水闸的这边朝着静止不动的水俯下身去，水闸里，攀缘植物和藻类垂挂在桥墩上；炎热的夏天，我们就在水闸那边观赏飞溅的泡沫，喋喋不休地议论我们的老师们。

我走过桥，向左边看看，又向右边看看；河水依然浮满藻类，呈亮闪闪的弧形往下流泻；在瞭望塔楼里，烫衣女工也与那时一样，光着手膀站在雪白干净的衣物前面，熨斗的热气正从敞开着的窗子里涌出来。狗没精打采地在街上慢慢走着，人们站在门口，目送着我这个浑身肮脏、背着重负的人走过去。

我们常常在这家糕点甜食店里吃冰冻甜食，并且学会了抽烟。我走的这条街上，每一幢房屋，殖民地农副产品经销店、药品杂货店、面包店等我都熟悉啊。后来，我站在一扇把手已经损坏的棕色门前，觉得自己的手变沉重了。我打开门，一股奇特的清凉气息迎面扑来，我的眼睛变模糊了。

我的长筒靴踩得楼梯嘎吱作响。楼上有一扇门啪的一声打开了，有个人从栏杆上向下张望。打开的是厨房门，她们正好在那里做土豆煎饼，整幢楼都散发着煎饼的气味，今天又是星期六啦，俯身向下张望的一定是我的姐姐。有一刹那，我感到很难为情，垂下了头，随后我把钢盔摘了下来，抬头仰望。

是的，是我的姐姐。

“保罗！”她叫起来，“保罗！”

我点点头。我的背包在栏杆上撞了一下——我的步枪实在太重了。

她把一扇门撞开，叫道：“妈妈，妈妈，保罗回来啦！”

我再也不能往前走了。妈妈，妈妈，保罗回来啦。

我无力地靠在墙上，紧紧抓住钢盔和步枪，但是一步也跨不出去，楼梯在我眼前模糊了，我把枪托搁到脚背上，狠狠地咬紧牙齿，对姐姐的话竟没有任何回应，我无力做出回应。我挣扎着想笑笑，说句话，但是一个字也说不出来。我就这样站在楼梯上，既颓丧无助又一筹莫展，浑身抽搐，也不想说话，泪水夺眶而出。

姐姐走过来，问道：“你怎么啦？”

这时，我振作起精神，踉踉跄跄地走到前厅，把步枪靠在一个角落里，把背包放到墙边，再把钢盔搁到上面。腰带连同上面那些东西也必须解下来。我气冲冲地说：“给我拿一块手帕吧！”

她从橱里拿了块手帕给我，我把脸擦干净。我身后的墙上挂着个玻璃匣子，里面放着我从前收集的彩色蝴蝶。

这时候我听到了母亲的声音，是从卧室里传出来的。

“她还没起床吗？”我问姐姐。

“她生病了……”她答道。

我走进去看她，把手伸给她，尽可能平心静气地说：“我回来啦，妈妈。”

她在朦胧的暮色中躺着。随后她忧心忡忡地问：“你受伤了吗？”我感觉到她那试探的目光。

“没有，我回来休假。”

母亲的脸色十分苍白。我不敢开灯。“我哭什么呀，”她说，“应该高兴才是。”

“你生病了，妈妈？”我问道。

“今天我要起来一会儿。”她说，脸转向姐姐。姐姐总是出来一会儿又回到厨房里去，以免饭菜烧焦了。“你把那瓶糖水越橘打开——你不是喜欢吃吗？”她问我。

“是的，妈妈，我好久没有吃到糖水越橘了。”

“就像预感到你要回来似的，”姐姐笑着说，“正好有你喜欢吃的东西，土豆煎饼，甚至还有糖水越橘。”

“还有，今天又是星期六。”我答道。

“你坐到我这儿来。”我母亲说。

她看着我。她的一双手和我的相比，显得苍白、虚弱，又瘦又小。我们只交谈了几句，我很感激她什么也没有问。该说些什么呢？所有的愿望，都已经实现了。我平平安安地回来，坐在她身旁；姐姐站在厨房里，做着晚饭，唱着歌。

“我亲爱的孩子。”母亲低声地说。

在我们家，家人之间从来就没有深情的举动。穷苦人的家庭通常都是这样，他们必须干很多活，操很多心。他们对这样的事也不是很懂，反正已经了解了，也就没必要一次又一次地说出来。如果母亲对我说“亲爱的孩子”，那么其意义和另一位母亲做一千件事不相上下。我很确定，那瓶糖水越橘是她们几个月来仅有的一瓶，而她省下来给了我，同样，她给我的那些已不很新鲜的饼干，也是特地为我而留的。她肯定是碰巧弄到一些，立即就给我留了下来。

我坐在她的床边，对面酒店老板花园里的栗树，透过窗户闪耀着棕色和金色的光芒。我慢慢地吸了一口气，又慢慢地呼出，喃喃地自言自语道：“你回家了，你已经回家了。”但是我有一种难以摆脱的拘束感，我对这一切还不太适应。一切都近在咫尺：我母亲，我姐姐，我放蝴蝶的玻璃匣子，那架桃花心木的钢琴——但是我却无法全然融入，与它们隔着一层面纱，始终都有一步之遥。

我走了出去，把我的背包拿到床边打开，拿出我带来的东西：一整块爱达姆干酪，那是卡特给我弄来的，两块军粮面包，四分之三磅黄油，两罐肝肠，一磅猪油和一小袋米。

“这些东西你们肯定用得着……”

她们点点头。

“这里的供给大概很糟糕吧？”我打听着。

“是的，数量不多。你们在前线够吗？”

我微微一笑，指着带回来的这些东西。“当然不可能总有这么多，但还是相当可以。”

埃娜把这些食品拿走了。母亲突然激动地抓住我的手，断断续续地问我：“前线是不是非常糟糕啊，保罗？”

妈妈，我该怎样回答你啊！你不会明白的，你永远不会理解的。你也永远不需要理解。前线是不是非常糟糕，你问。你，妈妈啊。我摇摇头，说道：“不，妈妈，不是非常糟糕。我们许多人在一起，没那么糟糕。”

“真的，但是不久前海因里希·布雷德迈尔来过，他说现在前线可怕极了，什么毒气，还有什么各式各样的玩意儿。”

说这话的是我母亲。她说：什么毒气，还有什么各式各样的玩意儿。她不知道自己在说什么，她只是为我担忧。我要不要告诉她，我们有一次发现了敌人的三条战壕，里面的敌军一个个都像脑中风一样僵在那里？这些人有的站着，有的躺着，有的靠在胸墙上，面孔发紫，都死了。

“哎呀，妈妈，那些都是谣传，”我答道，“那个布雷德迈尔说的也是这种谣传。你不是看到了嘛，我身体好好的，结结实实的……”

就在我母亲胆战心惊地忧虑时，我恢复了平静。这时我已经可以走来走去，谈吐自如，回答问题，不再担心世界会变得像橡胶那样柔软，血管会变得像氧化皮那样易碎，人非得往墙上靠了。

母亲想起床，我就到厨房去找姐姐。“她得了什么病？”我问她。

她耸了耸肩膀。“她已经卧床几个月了，但是我们没有写信告诉你。几个医生来看过她的病。有一个说，可能又是癌症。”

我到区司令部去报到。我慢慢悠悠地走过好几条街道。路上有人上来跟我说话，我也就是敷衍一下，因为我不愿意多说。

当我从营房回来时，听到有一个响亮的声音在喊我。我还沉浸在思考中，这下醒过神来，转过身去，才发现面对着一个少校。他叱责我：“您不会敬礼吗？”

“请原谅，少校先生，”我不知所措地说，“我没有看到您。”

他的嗓音更响了：“您不会得体地说话吗？”

我真想往他脸上打去，但是克制住了，因为若不克制，我的休假就完了，我就立正说道：“我没有看到少校先生。”

“那就请您好好注意！”他大声训斥，“您叫什么名字？”

我如实汇报。

他那红通通、胖乎乎的脸上怒气未消。“哪一个部队？”

我按规定报了出来。他还嫌不够。“你们驻扎在什么地方？”

我这时有点厌烦了，就说：“在朗格马克和比克斯朔特之间。”

“什么？”他有点困惑地问。

我跟他解释，我是一个小时前才回来休假的，以为这下他就会走开的。但是我错了。他甚至更愤怒了。“您以为这儿可以采用前线那套规矩，是吗？这不行！谢天谢地，这儿还有纪律！”

他命令道：“向后二十步，前进，前进！”

我怒火中烧。但是我对他毫无办法，只要他高兴，他甚至可以叫人把我逮起来。于是我跑步退回，接着又向前走，到了距离他六步远处，挥手敬了个威武的礼，一直到我走过他六步之后，才把手放下来。

他又把我喊过去，和蔼可亲地对我宣布，这一回他还是想宽大处理。我站得笔直，表示感谢。“解散！”他发出命令。我咔嚓一声转过身离开。

因为这件事，整个晚上都变得索然无味了。我一回到家里，就把军服扔到角落里，反正我早打算这么做了。随后我从衣橱里拿出一套便服，穿了起来。

我已经完全不习惯了。这套衣服相当短，也相当紧，我在军队里长个子了，所以原来的衣服已经不太合身了。衣领和领带给我造成了麻烦。最后还是姐姐帮我打了个领结。这套衣服多轻啊，让人感觉到自己只穿着衬裤和衬衫似的。

我照了照镜子。样子很古怪。镜中的那个青年晒得黝黑，长得太大，衣服太小，将要去接受基督教坚信礼。他从镜子里惊讶地看着我。

母亲看到我穿这套便服很高兴，因为这让我看起来亲近了些。可父亲却宁愿我穿军服，他想这样带我去见他的熟人。

但是我拒绝了。

可以安静地坐在某个地方，比如在酒店老板的花园里，面对着栗树，在九柱戏球道旁边，那是很美的。树叶飘落到桌子上和地上，也就是几片。在我面前放着一杯啤酒，我是在部队里学会喝酒的。酒喝了半杯，就是说，还可以喝上美美的、清凉的几大口，此外，如果我乐意，还可以要第二杯，第三杯。这儿没有集合，没有猛烈的连珠炮火，老板的孩子们在九柱戏球道上玩耍，一只狗把它的头搁在我的膝盖上。天空蔚蓝，在栗树叶子中间，耸立着玛加雷特教堂那绿色的塔楼。

这挺好的，我很喜欢。但是我无法跟人们相处。唯一不提问题的是母亲。父亲则完全不同。他要我讲述前线的一些情况，我觉得他的愿望既动人又愚蠢，我和他的关系已经不怎么融洽了。他很喜欢时常听点什么。对此我很理解，他并不知道这样的事是不能够讲的，其实我也很想讨他喜欢，但是如若我把这些事情说出来，对我来说是一种危险，我担心这样一来它们会变得非常庞杂，再也控制不了了。要是前线所发生的事我们样样都知道的话，那我们不知会变成什么样呢。

因此我只给他讲了几桩有趣的事情。他问我是不是也参加过白刃战。我说“没有”，站起身来就往外走。

情况丝毫没有改善。有几次我在街上，有轨电车发出的刺耳的咯吱声听起来真像逼近的榴弹发出的呼啸声，让我受了不小的惊吓，后来，有个人拍拍我的肩膀，原来是我的德语老师，他问了些寻常的问题，人们通常都是问这些问题。“噢，外面的情况怎样？很可怕，很可怕，是吗？是的，那是很可怕的，但是我们一定要坚持到底。而且正如我所说的，不管怎么说，你们在外面至少吃的东西还是好的，保罗，您看起来很健壮。这里的情况当然差些，这很自然，也是理所当然的，最好的东西总是给我们的士兵们的！”

他把我拉到一张餐厅给常客预留的桌子那里。我受到热烈的欢迎，一位校长跟我握了握手，说道：“好，您是从前线回来的吧？那里的士气究竟怎样？特别好，特别好，是吗？”

我说，每个人都很想回家。

他哈哈大笑。“这点我相信！但是你们必须先狠狠地打法国佬！您抽烟吗？在这儿，来一支。堂倌，请您也给我们年轻的战士来一杯啤酒。”

遗憾的是我已经收下了那支雪茄，因此只好留下来。大家都满怀好意，没有理由再推却了。尽管如此，我还是闷闷不乐，一个劲儿地抽烟，吐着浓浓的烟雾。为了找点事做，我就把那杯啤酒一口气喝光了。他们立即为我要了第二杯。大家都明白，他们亏欠士兵们太多了。他们争论着我们应该吞并哪些地方。戴铁表链的校长最贪，要得最多：整个比利时，法国的煤矿区，还有俄国的大片土地。他详细说明我们需要这些地方的种种理由，意志非常坚定，最后其他人都只好让步。然后他开始阐述，突破口应是法国的什么地方，其间他曾转向我，说道："现在，你们在前线那边要持续使用阵地战，每次向前推进一点。只有把那些家伙赶出去，才会有和平。"

我回答说，按照我们的看法，突破是不可能的。他们那边的后备部队十分充足。此外，战争跟人们所想象的完全不同。

他自负地拒绝考虑这种说法，并向我指出，我什么也不懂。"的确有这样的情况，但这只是局部，"他说，"不影响大

局。您只看到您那片小小的地区，对概貌不了解，无法对大局做出准确的判断。您在尽自己的责任，您甘冒生命的危险，这应该得到最高的荣誉——你们每个人都理应得到一枚铁十字勋章——但是首先必须在佛兰德突破敌军的战线，然后从上面侧攻。”

他呼哧呼哧地喘着气，捋捋胡子。“必须对他们进行全面侧攻，由上至下席卷，然后攻占巴黎。”

我很想知道，他是如何想象出来的，同时我把第三杯啤酒灌到自己的肚子里。他马上又叫人送了一杯过来。

我起身告辞，他又往我口袋里塞了几支雪茄，友好地轻轻拍拍我，向我道别。“祝万事如意！但愿我们很快就可以听到你们的好消息。”

我想象中的休假不是这样的。一年前和现在完全不一样。在此期间发生变化的大概是我。在现在和过去之间隔着一条鸿沟。当时我还不认识战争，我们驻扎在比较平静的地区。而如今我发觉自己在不知不觉中已经变得更脆弱了。我对这里已经不熟悉了，这里是个陌生的世界。有人问问题，也有人不问问题，看得出来，那些不问问题的人为自己的沉默感到自豪；他们往往带着一种洞察一切的表情，说这些事根本无须谈论。他们对此十分得意。

我情愿独自一个人待着，这样就没有人打扰我了。因为所有人问来问去，总是回到同一个问题上，就是说情况有多糟，情况有多好，一个人认为这样，另一个人认为那样——无论怎么说，总是很快回到与自己有关的事情上。从前我肯定也跟他们一样生活，但是我现在已经无法像原来那样继续生活下去了。

他们对我说得太多。他们有忧虑、目标和愿望，然而我却无法感同身受。有时我和他们中的谁坐在酒店老板的小花园里，试图让他明白，其实就这么一件事：就这样静静地坐着。他们当然也表示理解、同意，声称自己也这样认为，但那只是说说而已，只是说说而已，就是这样——他们感觉到了，但始终只有半个人在场，另外的半个人在关注其他事情，他们三心二意，没有哪个人能够全身心地去感受；连我自己也没法说清楚，我说的到底是什么。

每当看到他们在他们的房间里，在他们的办公室里，在他们的工作岗位上，就有一种力量在吸引着我，我真想也待在他们那里，跟他们一道工作，把战争忘掉，但是这种想法也立即让我厌恶，它是多么狭隘啊。它怎能使一个人的生活得到充实呢，应该把它砸碎；前线的弹片呼啸着飞到弹坑上方，照明弹向空中升起，伤员躺在帐篷帆布上被拖回来，伙伴们都蜷缩在壕沟里，而他们却照常生活，这些人怎么可以这样！——他们是另一种人，是我无法理解的人，是我既忌妒又蔑视的人。我不禁想到卡特、阿尔贝特、米勒和恰登，他们现在在做什么呢？他们也许正坐在营房食堂里，或是在游泳——他们很快又要到前线去了。

在我的房间里，桌子后面放着一张褐色的皮革长沙发。我坐在沙发上。

房间四面的墙壁上用图钉钉着许多我以前从杂志上剪下来的图片。我从前喜欢的明信片和绘画就钉在这些图片中间。一个角落里放着一只小铁炉。对面靠墙有一个书架，上面放着我的书。

我当兵前就住在这个房间里。那些书是我用授课赚来的钱陆陆续续买回来的。其中有许多旧书，例如所有的古典名著，一本一马克二十芬尼，是蓝布面精装本。这些书我都是成套购买，因为我这个人很细致认真，不相信选集的编选者会把最优秀的作品都选进去。因此我就买“全集”。我孜孜不倦地把这些书都读了，但是大部分我都不很中意。我觉得比这些书更值得读的是另一类书，即近代的作品，这类书当然也贵得多。有几本是用不太诚实的手法弄来的：先借过来，然后就不还了，因为我不想跟它们分开。

书架有一格放的都是教科书。我不太爱惜它们，所以已经翻得破损不堪，有些整页已经撕掉了，一看就知道是什么缘故。书架的下面放的是本子、纸张和信件，和绘画以及习作堆在一块儿。

我真想回忆一下当年的情景。它仍然在这个房间里，我立即感觉到了，四面的墙壁把它保留下来了。我把双手搁在长沙发的扶手上，两条腿跷起来，就这样惬意地坐在角落里。小窗敞开着，可以看到熟悉的街景，以及街道尽头高高耸起的教堂塔楼。几枝花放在桌上。蘸水钢笔杆、铅笔、用作镇纸的贝壳、墨水瓶——一如往昔什么都没变。

如果够幸运，战争结束我活着回来了，永远住在这里，那也会是这样的光景。我会就这样坐在这儿，欣赏着我的房间，等待着。

我很激动，我不想这样，这是不对的。我想再次感受那种悠然神往的心情，那种强烈的不可名状的冲动，如同以前我走到自己的书籍前一样。往昔从五颜六色的书脊上升起来的愿望之风，又会向我的心头袭来，把搁在我心头某处的那块沉重坚硬的铅块熔化，重新唤醒我对未来的焦虑和思想世界中轻快的欢乐——它会把我已经丧失的青年时代的朝气带回来给我。

我坐在那里等着。

我突然想起，我应该到克默里希的母亲那里去——我也可以去探望米特尔施泰特，他肯定在兵营里。我眺望窗外：在那阳光照耀下的街景后面，出现了连绵的山丘，轮廓模糊，仿佛飘往天际，转瞬间，我的眼前浮现出秋季明朗的一天——我和卡特、阿尔贝特坐在炉火旁边，剥着连皮烤的土豆吃。

然而我不愿意去想，便把它挥去。就让这个房间说话，让它捉住我，背着我，我要感受到我是属于这里的，我要细心听，以便再回到前线的时候能够感知：当回家的浪涛涌来时，战争就会沉落并淹没，它一去不复返，不会再啃咬我们，它对我们已经失去威力，而仅仅是外部的力量而已。

书脊并排立着。我仍然很熟悉，还想得起来我当时是如何整理的。我用眼睛请求它们：你们对我说话啊——你们接纳我吧——往昔的生活，接纳我吧——你无忧无虑，美妙动人，请再次收容我吧！……

我等着，我等着。

一个个情景掠过去，没有停留下来，它们不过是影子和回忆。

什么也没有——什么也没有。

我的不安在加剧。

一种可怕的陌生感突然在我心中升起。我无法找到回归的路，我绝对不可能做到；尽管我一直请求，竭尽全力，却无回应。我像个被判刑的人，冷漠而又悲伤地坐在那里，而过往却转身离去。同时我也害怕过多地去恳求它，因为我不知道以后会发生什么事情。我是个士兵，必须遵守这一点。

我满脸倦容地站起身，眺望窗外。随后我拿起一本书，翻了起来，准备阅读却又把它抛开，拿起另一本。里面有些段落我曾画线标出。我寻找、翻阅并拿来其他的书。我身旁已经放了一大堆书。接着又有别的东西堆了上去——报纸、小册子、书信。

我默不作声地站在书堆前面。仿佛站在法庭的前面。

没有勇气。

词语、词语、词语——它们没到达我的心里。

我又慢慢地把那些书放到书架的空位置上。一切就这样过去了。

我悄悄地走出房间。

我还没有完全放弃。虽然我再也不踏进我的房间，但我却自我安慰，几天的工夫还无须有什么结论。我以后——将来——还有很多年时间可以去判断。于是我就到兵营里去看米特尔施泰特。我们坐在他的房间里，那里有一种气氛，我并不喜欢，但是我已经习惯了。

米特尔施泰特已经给我准备好一条新闻，它立刻使我感到震惊。他对我说,坎托雷克已被征召当了战时后备军。“想象一下,”他说着掏出几支很好的雪茄,“我从野战医院来到这里,正好就撞到他。他把他的爪子向我伸来,像鸭子那样嘎嘎地叫道:‘你瞧,米特尔施泰特,你好吗?’——我瞪大眼睛看着他,答道:‘战时后备军坎托雷克,公事是公事,烧酒是烧酒,这一点您本人应该知道得最清楚。您跟一位上司讲话,就要立正!’——你真应该看看他那张脸!是醋渍黄瓜和未爆炸弹的杂交品种。他犹豫不决地试图再次讨好我。这时我就更厉害地训斥他。于是他动用他最强的炮兵连发动了进攻,过分亲密地问道:‘您是不是要我帮助您,让您在水平考试中过关?’他是想提醒我,你知道。这时我可遏制不住心头的怒火了,我也提醒他:‘战时后备军坎托雷克,两年前您鼓动我们到区司令部报名参军,其中就有约瑟夫·贝姆,他本来就不愿意去。他阵亡了,在按照正常情况被征入伍之前三个月。如果没有您,他还可以再等那么长的时间。现在解散。我们以后再谈。’——我很容易就被分派到他所在的连。我做的头一件事就是把他带到贮藏室,给他弄了一套漂亮的军服。你马上就可以看到他。”

我们走到营房操场上。全连已经列好队。米特尔施泰特让他们稍息并开始检查。

这时我看到了坎托雷克,不得不强忍住笑。他穿着一件像有下摆模样的褪色蓝军衣。背部和袖子上都有大块的深色补丁。这件上衣像是巨人穿的。相比之下,那条磨破的黑裤子又太短了,裤脚管只能拉到小腿肚的一半处。那双鞋他穿着又太大,是一双铁一般硬的老掉牙的笨重鞋子,鞋尖向上翻,边上系鞋带。作为一种平衡,那顶军帽又太小,是一顶蹩脚的无檐圆筒形军帽,脏得可怕。总之就是一副可怜相。

米特尔施泰特走到他面前停住脚步。“战时后备军坎托雷克,这样就算把纽扣擦干净了吗?看来您永远也学不会。不及格,坎托雷克,不及格……”

我内心高兴得大喊大叫。坎托雷克在学校里就是这样训斥米特尔施泰特的,也是用同样的语调:“不及格,米特尔施泰特,不及格……”

米特尔施泰特仍在继续指责他:“您看看伯特歇尔吧,他就是榜样,您可以向他学习。”

我几乎不相信自己的眼睛。伯特歇尔也在那里,他是我们学校的门房。他居然是个榜样!坎托雷克对我射出凶恶的目光,仿佛要把我吃掉。但我只是无关痛痒地朝他冷冷一笑,好像我压根就不认识他。

他戴着那顶蹩脚的无檐圆筒形军帽,穿着那身军服,看起来是多么滑稽可笑啊!而就是在这样一个人面前,我们过去却诚惶诚恐，那时候他道貌岸然地坐在讲台上，在练习法语不规则动词时还用铅笔戳我们，而这些法语不规则动词，后来我们在法国时一点也用不上。那不过是不到两年前的事——然而现在站在这里的坎托雷克，却突然失去了魅力，他的膝盖弯曲，胳臂犹如锅柄，纽扣擦得不亮，举止非常可笑，是个不像话的士兵。我没法把眼前的他跟讲台上那个吓人的形象联系起来，此刻我确实很想知道，如若这个窝囊废还像过去一样问我这个老兵“博伊默尔，请您说出aller[1]的imparfait[2]”，我该怎么办。

米特尔施泰特要他们开始操练散兵队形，坎托雷克被他指定为班长，这算是一种友好的表示。

这里有个特殊情况。在进行散兵队形操练时，班长始终得走在整个队形前面二十步；如果现在发出命令：向后转——齐步走！那么，散兵队列只要转个方向就行，可是班长就会突然落在队列后面二十步远，必须跑步冲到前面，让自己重新走到队列前面二十步远的地方。这样加起来一共是四十步路。但是他刚刚赶到，又接到“向后转——齐步走！”的命令，于是他又不得不用最快的速度向另一边狂奔四十步。这种方式的操练，队列里其他的人只不过是舒舒服服地转个身走几步，

1 法语：去，走。
2 法语：过去时。

而班长却要来来回回狂跑，简直像在窗帘木杆上放的屁一样来回滚动。这一整套方法，是米特尔施泰特许多灵验的药方之一。

坎托雷克在米特尔施泰特那儿没什么指望，因为他有一次曾弄得米特尔施泰特没能晋升，米特尔施泰特如若不在自己重返前线之前充分利用这个大好的机会狠狠地整整他，那他就是个大傻瓜。要是军队给了他这样一个机会，那即使去送死也会死得甘心一些。

这时，坎托雷克像头受惊的野猪一样来回地奔跑。过了一会儿，米特尔施泰特命令停止散兵队形操练，开始了非常重要的爬行训练。坎托雷克双膝和双肘着地，按规定抓着枪，在

沙土地上移动着他那漂亮的身子，紧靠着我们身旁爬过去。他喘着粗气，他的喘息简直就是音乐。

米特尔施泰特引用首席教师坎托雷克的语录来安慰战时后备军坎托雷克，对他进行鼓励。“战时后备军坎托雷克，我们有幸生活在一个伟大的时代，在这个时候，我们大家必须鼓起勇气，克服困难。”坎托雷克浑身是汗，把跑到他牙缝里的一个脏木块吐了出来，流着汗。

米特尔施泰特俯下身去，诚恳地告诫他说：“千万不能因为小事而忘了伟大的事业，战时后备军坎托雷克！”

我很奇怪，坎托雷克并没有气得暴跳如雷，尤其是在接下来的体操课上，米特尔施泰特惟妙惟肖地学着他的样子，在单杠上做引体向上时，米特尔施泰特抓住他的裤裆，让他只能把下巴伸到刚好高出横杠的位置，然后又给他一番谆谆教导。坎托雷克从前对他正是这样做的。

接下来又分配其他的勤务。“坎托雷克和伯特歇尔，去领面包！把手推车带去。”

几分钟后，这两个人推着手推车走了。坎托雷克怒气冲冲地垂下头。那个门房却感到自豪，因为这样的勤务很轻松。

面包厂在城市的另一头。两个人往返都必须穿过整个城市。

“这种事他们已经做了三天了，”米特尔施泰特奸笑着，

“每天都有人等着看他们笑话。”

“了不起,”我说,“他还没有告你的状吗?”

“去告过了!我们的指挥官听到这故事就捧腹大笑起来。他不喜欢教师。此外,我正和他女儿谈恋爱呢。”

“他会把你的考试搞砸的。”

“我不在乎,”米特尔施泰特泰然自若地说,“再说,他申诉也没用,因为我可以证明,他通常只做轻松的勤务。”

“你就不能把他调教好吗?”我问道。

“他实在太蠢了,我没这份儿闲心。”米特尔施泰特满不在乎又很轻蔑地说。

休假是什么?——是一种暂停,它只能使往后的一切变得更困难。现在,离别的情绪已经混了进来。母亲默不作声地看着我。她数着日子,这我知道,每天早晨她总是很伤心。又少了一天了。她已经移开我的背包,她不想让它来提醒自己。

一个人在苦苦思索时,时间就过得很快。我振作起来,陪姐姐到肉店去买几磅骨头。这次是特别优惠,人们一大早就已经站到那里排队等候,有些人都站得晕倒了。

我们运气不佳,轮换着等了三个小时后,队伍自动散掉了。骨头已经卖完了。

多亏我拿到一份给养，把它带给我母亲，这样我们大家总算有点营养丰富的东西吃。

日子过得越来越困难，母亲的眼神越来越忧伤。还有四天了。我必须到克默里希的母亲那里去。

我无法把这件事写下来。这个女人颤抖着，啜泣着，摇着我，高声呼喊着："究竟为什么你活着，而他却死了！"她的泪水几乎把我淹没了，她对我喊道："为什么你们都在那里，孩子们，你们怎么……"她有气无力地坐到一把椅子上，哭着问道："你看见过他吗？当时你在吗？他是怎么死的？"

我对她说，他的心脏中了一枪，马上就死了。她瞅着我，表示怀疑。"你撒谎。我早就知道了。我已经感觉到他死得有多惨。我听到他的声音，夜里我感觉到他的恐惧——请你把真实情况告诉我，我想知道，我一定要知道。"

"不，"我说，"当时我就在他身旁。他是一下子就死去的。"

她低声地恳求我："请把真实情况告诉我。你一定要告诉我。我知道，你这么做是想安慰我，但是你难道没看出来，与告诉我真实情况相比，你这样做反而把我折磨得更痛苦吗？不知道实情，我忍受不了，你得告诉我究竟是怎么回事，不管情况有多可怕。这比无休止地揣测要好。"

我永远也不会告诉她，就算她把我剁成肉酱，我也不说。

我很同情她，但她也有点蠢，她应该想开一点才是，不管她了不了解实情，克默里希总归是死了。看到过那么多的死人以后，人就再也无法真正理解，为什么对一个人的死会有那么多的悲痛。因此我有点不耐烦地说道："他是一下子就死去的。他根本没有感觉到。他的脸非常安详。"

她沉默了。后来她慢腾腾地问道："你可以发誓吗？"

"可以。"

"向一切神圣的事物发誓吗？"

啊，天哪，还有什么事物对我来说是神圣的呢？——在我们这些人中间，神圣的事物变得太快了。

"是的，他是一下子就死去的。"

"你能赌咒，如果你说的不是实情，就再也不回来了吗？"

"如果我说的不是实情，我愿意不再回来。"

我还可以向任何事物发誓。但是她好像相信我了。她又哀叹和哭泣了好久。对于当时的真实情况，我编造了一个故事，现在连我自己也几乎相信它是真的了。

我临走的时候，她吻了吻我，还把克默里希的一张照片送给我。照片上他穿着新兵军服靠在一张圆桌子旁，桌腿是用连树皮都没剥去的桦树干做的。后面是布景，上面画着一片树林。桌子上放着一个大啤酒杯。

这是在家里的最后一个晚上。大家都很沉默。我很早就上了床，抓起枕头，紧紧按到自己身旁，接着把头埋进去。谁知道我以后是否还能再睡这种有羽绒被的床！

夜深了，母亲走到我的床边。她以为我睡着了，而我也装作熟睡的样子。要两个人都醒着坐在那儿说话，真是太难受了。

虽然她浑身疼痛，有时还伛偻着身子，可她差不多一直坐到天亮。最后我终于忍受不住，假装醒了过来。

“去睡觉吧，妈妈，你在这里会受凉的。”

她说：“以后我有足够的时间可以睡觉。”

我坐了起来。“这次不是马上去前线，妈妈。我还得先到野外营地去四个星期。也许哪个星期天我又可以来呢。”

她默不作声，然后轻轻地问我：“你害怕吗？”

“不害怕，妈妈。”

“我早就想告诉你：你千万要提防法国的女人。她们都没安好心。”

啊，妈妈，妈妈呀！你总认为我还是个小孩子——为什么我不能把头伏在你怀里，痛痛快快地哭呢？为什么我一定要坚强和沉着？我何尝不想痛痛快快地哭，以得到安慰，事实上我比一个孩子也大不了多少，橱子里还挂着我那条短短的男童裤——那只是不久以前的事，怎么就都成了过去呢？

我尽可能平心静气地说："我们所在的地方没有女人，妈妈。"

"在前线，你千万要小心啊，保罗。"

啊，妈妈，妈妈呀！为什么我不能与你相拥一起死去呢。我们是怎样的可怜虫啊！

"是的，妈妈，我会小心的。"

"我每天都会为你祈祷，保罗。"

啊，妈妈，妈妈啊！让我们站起来，离开这里，穿过逝去的岁月，回到我们再也不会遭受所有这些苦难的时光，回到只有你和我的地方，妈妈！

"也许你可以找份不太危险的差事。"

"是的，妈妈，也许我可以去伙房，没准儿能办到。"

"那会不会有人议论啊……"

"我不会有什么顾虑的，妈妈。"

她叹了口气。她的面孔仿佛是黑暗中的一道白光。

"你该去睡了，妈妈。"

她没有回答。我站起来，把我的被子披在她的肩膀上。她很疼，忍不住把身子支在我的胳臂上。我扶着她回房间。我在她那里待了一会儿。"等我回来时，妈妈，你一定会恢复健康的。"

"是的,是的,我的孩子。"

"你们不要再寄东西给我了,妈妈。我们吃的东西足够了。你们这里更需要这些东西。"

她躺在床上多可怜啊,她爱我超过一切。在我就要走的时候,她急急忙忙地说:"我还给你买了两条衬裤。都是优质羊毛的,很保暖。你可别忘记把它们打到背包里。"

啊,妈妈,我知道,为这两条衬裤,你曾耗费多少精力去奔走,去站队,去乞求啊!啊,妈妈,妈妈呀,为什么我不得不离开你啊;除了你,还有谁有资格对我发号施令。我坐在这里,而你躺在那里,我们有那么多的话要说,但是我们永远也说不出来啊。

"晚安,妈妈。"

"晚安,我的孩子。"

房间里黑乎乎的。母亲的呼吸在房间里一呼一吸地响着。时钟发出嘀嗒嘀嗒的声音。风在窗子外面吹着。栗树在沙沙作响。

在前厅,我被自己的背包绊了一跤,它已经捆好了放在那里,因为我明天一大早就得离开。

我咬着枕头,两只手使劲抓住床的铁柱子。我本来就不该回来。在前线,我什么都不在乎,不抱什么希望;今后,就再也办不到了。我本来是个士兵,而如今,却只是为自己、为我母亲、为那么绝望和永无止境的一切而痛苦的化身，此外我什么也不是。

我本来就不应该回来休假。

第八章

我仍然记得野外营地棚屋营房的样子。希默尔施托斯就在这儿教育过恰登。但是除此之外一切都变了，我几乎一个人都不认识，只有几个人有点眼熟。

平常我机械地做着勤务。晚上我几乎都到军人俱乐部里去，那里放着一些杂志，但是我不怎么看；那里的一架钢琴，我倒很喜欢弹奏。钢琴由两个姑娘看管，其中一个很年轻。

营地四周围着高高的带刺铁丝网。如果我们回来得晚，就必须持有通行证。当然，谁跟岗哨熟，谁就可以过。

我们每天都在荒原上的欧洲刺柏灌木丛和桦树林中间进行连队训练。如果没有过高要求的话，那还是可以忍受的。大家跑步前进，卧倒，呼吸的气流把荒原的草茎和野花吹得摇来摆去。脸伏在地面上观看，那些纯净得如同来自实验室的细沙，原来是由无数最微小的小石子组成的。这情况实属罕见，它引诱人们把手埋进去。

可是最美的要数那一片片的白桦树林了。它们每时每刻都变换着颜色。这一刻，树干闪着最亮丽的白色，而树叶柔和的淡绿色则像绸子一样轻轻地飘着；刹那间，一切又都变成了闪着乳白色光的蓝色，这种蓝色从树林边缘掠过来，呈现出银色，把绿色也抹去了；但是，当一朵乌云遮住太阳的时候，它又立即在某个地方加深颜色，几乎变成了黑色。而这个阴影如同幽灵一般穿过如今已变成灰白色的树干，继续飘过荒原，一直飞向地平线，这时候，桦树已经像白旗杆上的节日旗帜一样，挺立在染成金红色的树叶的前面。

柔和的光和透明的阴影交错变幻，我的注意力往往无法集中，非常分散，差点没听到口令声——一个人只有在独自一人时，才会开始观察大自然，热爱大自然。我在这里跟人交往不多，也不希望超出正常交往的范围。大家彼此间都不太熟，最多不过是说些废话，晚上打打“十七和四”牌戏[1]，或是打冒歇尔纸牌。

我们棚屋营房旁边，有一所很大的俄国战俘营。它和我们

---

1 一种流行的法国牌戏，两人或两人以上一道玩，有三十二张牌和筹码。

之间虽然隔着几道铁丝网，但这些俘虏们却能到我们这边来。虽然多数人都蓄着胡子，身材高大，但举止畏缩，十分腼腆，因此给人的印象像是挨了揍的、驯顺的雪山搜救犬。

他们蹑手蹑脚地绕着我们的棚屋营房走，捡厨房垃圾桶里的东西。可以想象，他们在那里找什么。我们的食物很少，主要是很糟糕，一个甘蓝切成六块，放在水里煮煮，胡萝卜茎都是脏兮兮的。有霉点的土豆已经是美味佳肴了，稀薄的米汤算是最高级的食物了，里面漂着些切得很细碎的牛肉。但是牛肉切得实在太小，根本找不到。

尽管如此，所有食物也几乎都被吃光了。如果确实有人东西多到吃不完，那么就会有十个人站在那儿，他们都乐于把那点东西接收下来。只有调羹够不到的那部分残留的东西才会被涮了下来，倒到厨房的垃圾桶里。有时倒到里面的还有一些甘蓝皮、发了霉的面包皮和各种各样的脏东西。

这种稀薄的、混浊的脏水就是俘虏们寻找的目标。他们贪婪地把这些东西从发出臭气的桶里掏出来，藏在他们的上衣里带走。

这么近地观察我们的这些敌人，这可真稀奇。他们的脸耐人寻味，都是老实巴交的农民的脸，宽阔的额头，肥厚的鼻子，扁平的嘴唇，粗壮的手，浓密拳曲的头发。其实应该让他们去耕田、刈割和采摘苹果。他们看起来比我们佛里斯兰的农民还要善良。

看他们的动作，看他们乞讨，可真令人伤心。他们个个都相当虚弱，因为他们所得到的那么一点儿东西，仅能使他们免于饿死。就连我们自己也早就吃不饱了。他们都得了痢疾，有些人带着胆怯的目光，偷偷地把他们沾上血的衬衫角拉给别人看。他们弓着背，弯着脖颈，曲着膝盖，伸出一只手，低垂着脑袋说着仅会的几句德国话乞讨，样子十分可怜。他们乞讨着，用那种柔和微弱的低音，这种低音让我想起温暖的火炉和家乡的小房间。

也有人会上去一脚把他们踢倒——但是这样的人非常少，绝大多数人都不理睬他们，只是从他们身旁走过去。当然，

他们有时也会叫人感到非常讨厌，于是人们就发起怒来，随即踢他们一脚。要是他们不是这样瞅着人家就好了——两只眼睛这么小的地方，用一个拇指即可以捂住，却隐藏着怎样一种不幸啊。

晚上他们到棚屋营房来做交易。他们拿来自己拥有的一切东西换取面包。有时能成交，因为他们的长筒靴很好，而我们的却很差。他们那种高到膝盖的长筒靴的皮就像小山羊皮一样柔软得绝妙无比。我们这里的农民子弟收到不少从家里寄来的好吃东西，他们就可以进行交易。一双长筒靴的代价大约是两至三块军粮面包，或是一块军粮面包加上一条较小的硬瘦肉香肠。

可是几乎所有的俄国人都早已把他们拥有的东西都拿出去了。他们现在穿的只是些很差的东西，于是就拿他们用榴弹弹片和铜弹带做的小雕刻品和其他物品来碰碰运气。尽管他们费尽心思，但这些东西显然换不到多少食物——他们只能得到几片面包。我们的农民们做交易时既固执又狡猾。他们拿着一块面包或是一段香肠凑到来做交易的那个俄国人的鼻孔下面，直到他馋得脸色惨白，直翻白眼，对一切都无所谓了。这时他们却使出他们惯用的慢条斯理的伎俩，把他们的诱饵包起来，拿出厚厚的小折刀，慢腾腾地从存粮中给自己切下一大块面包，每吃一口，都从又硬又好的香肠上切下一小块，津津有味地吃着，自己犒劳自己。看他们这样吃午后点心，真是令人气愤，恨不得狠狠地敲他们厚厚的脑壳。他们难得会给人什么东西。我们相互之间的了解也实在太少。

我常常看守俄国人。在黑暗中，可以看到他们的身影在移动，宛若有病的鹳，又仿佛是很大的飞鸟。他们朝着铁丝网栅栏紧靠过来，把脸往上面贴，手指钩住铁丝网眼。他们人数很多，往往是并排站着。就这样，他们呼吸着从荒原和树林里吹来的风。

他们很少说话，即便说话，也是寥寥几句。他们更有人情味，我几乎相信，他们相互间比我们更加友爱。但这也许只是因为他们自己觉得比我们更加不幸罢了。此外，对于他们来说，战争已经结束了。然而等着染上痢疾，这也算不上真正的生活。

看守他们的战时后备军说，他们开始时比较活跃，相互之间会有些矛盾，据说还常常发生抡拳头和动刀子的事。现在他们都完全迟钝了，而且非常冷漠，绝大多数人也不再手淫了，他们的身体是那么虚弱，尽管以往经常会出现糟糕的情况，甚至整个棚屋营房都干起那样的事来。

他们站在铁丝网栅栏旁，有时一个人摇晃着走开，随即便有另一个站到他那一排的位置上。绝大多数人都默不作声，只有个别人偶尔会乞讨个烟头。

我看着他们黑乎乎的身影。他们的胡须在风中飘动。除了知道他们是俘虏外，我对他们就一无所知了，而正是这一点使我受到震动。他们这一生既不可名状，又清白无辜——假如我对他们了解得多一点，比如知道他们的姓名，知道他们的生活情况，知道他们的愿望，知道他们为何心情沉重，那么我内心的震动也许就会有目标，也许会变成同情。但是现在，在他们后面，我只是感觉到众生的痛苦，生命可怕的忧郁，以及人的残忍无情。

一道命令使这些默默无言的身影成为我们的敌人，一道命令也可能使他们变成我们的朋友。在某一张桌子上，我们谁也不认识的几个人签下了一份文件，以往一直受到全世界人民蔑视和严惩的东西，就成了我们多年的最高目标。看着这些满脸稚气、蓄着使徒式胡须的默不作声的人，谁还能够以敌友来区分吗？新兵眼中的每个军士，以及学生眼中的每个首席教师，在我们看来都是比他们更加凶恶的敌人。然而要是他们有朝一日获得了自由，我们又会向他们开枪，而他们也会向我们射击。

我感到吃惊，我不能再往下想了。这样想下去会陷到深渊中去。现在还没到那个时候；但是我不愿抛弃这个想法，我想把它保留下来，继续锁住，直到战争结束。我的心怦怦直跳：这难道就是那个目标，那个伟大的、唯一的目标，是我在战壕里想到过的，同时也是在经历这场人伦灾难之后我当作生存可能性而寻找的目标吗？它是不是为了使今后的生活不辜负这些年恐怖岁月而必须完成的一项任务呢？

我掏出香烟，把每一支折成两段，分给俄国人。他们向我鞠个躬，随即把它们点燃了。现在好几个人的脸上都闪烁着红色的光点。它们使我得到安慰，看上去仿佛就是黑乎乎的农舍里的一扇扇小小的窗户，映出后面一间间可以安全避难的房间。

日子一天天过去。在一个雾茫茫的早晨，又有一个俄国人被掩埋了，现在几乎每天都有几个人死去。那个俄国人被埋葬时，我恰好在站岗。俘虏们唱着一首赞美诗，他们分好几声部合唱，听起来仿佛不是人声，倒像是远处荒原上一架风琴奏出的响声。

安葬仪式进行得很快。

晚上，他们又站在铁丝网栅栏的旁边，风从桦树林朝他们吹去。星星给人以寒冷的感觉。我现在认识了他们中的几个人，这几个人德语说得相当好。他们中间有一个音乐家，他说他在柏林时曾是个小提琴手。他听说我会弹奏点钢琴，就去拿来自己的小提琴，拉了起来。其他人就坐了下来，背靠着铁丝网栅栏。他站着演奏，时常现出小提琴手闭起眼睛时所特有的那种超然的神情，随后他又有节奏地摆动乐器，朝我微微笑着。

他演奏的大概是民歌，因为其他人也一起哼着。哼唱声仿佛来自地狱深处一片黑黝黝的丘陵。小提琴演奏的乐声宛如一位苗条的女郎亭亭玉立，既响亮，又孤独。哼唱声停止了，小提琴仍在演奏——在夜里它是那么微弱，仿佛就要冻结起来似的；人们必须紧靠着站在旁边，要是在室内也许会好些——在外面，琴声孤孤单单地四处飘散，让人感到伤心。

因为我已经休了一段较长时间的假期，因而逢到周日便不能再休息了。因此，在我启程重返前线之前的最后一个星期天，父亲和大姐来看望我。整整一天我们都坐在军人俱乐部里。我们不愿到棚屋营房里去，还能有别的什么地方好去啊！中午，我们到荒原上去散步。

这几个小时可真折磨人，我们不知道该谈些什么，于是就谈起母亲的病情。她现在已经被确诊为癌症，已经住到医院里，很快就要动手术了。医生们希望她会恢复健康，但是我们从没听说过癌症能治好。

“她现在究竟在哪里？”我问道。

“在路易丝医院。”我父亲说。

“住在几等病房？”

“三等病房。只能等到了解手术费要多少以后再说。她自己愿意住三等病房。她说，这样她可以跟同室的病人聊聊天，而且床位费也便宜些。”

“那么她是跟许多病友住在一起了。只要她夜里能好好睡觉就行。”

父亲点点头。他神色疲乏，脸上布满皱纹。母亲一向多病；虽然不得已时她只好住进医院，但是毕竟要花很多钱，父亲的一生实际上就是在应付这些。“要是知道手术费要多少，那就好了。”他说。

“你们没有问过吗？”

“没有直接去问过，不能问——要是这么一问，医生变得不友好,那就不行了,因为他要给你母亲动手术啊。"

是的,我辛酸地想,我们只能这样,穷苦人,就只能这样。他们不敢去问价钱,宁可为此操心得要死,但是有钱人,他们本来是没必要问的,却认为事先把价钱讲定了是理所当然的事。医生对待他们也不会不友好。

"手术后的包扎费用也是很贵的。"父亲说。

"难道医疗保险机构一个子儿也不付吗?"我问。

"你母亲已经病得太久了。"

"那你们究竟有没有积蓄?"

他摇摇头。"没有。但是我可以做些加班的活。"

我知道,他会站在自己的桌子旁折折叠叠,粘粘贴贴,剪剪裁裁,一直干到夜里十二点。晚上八点,他会吃点他们凭票购来的没有什么营养的东西。随后他会服用治头痛的药粉,继续干活。

为了让他稍许开开心,我给他讲了几个我正好想起来的故事,士兵们的笑话以及诸如此类的故事,有关将军们和上士们在某些时候受到愚弄的事。

后来我把他们两人送到火车站。他们给了我一瓶果酱和我母亲为我做的一包土豆煎饼。

随后他们乘车走了,我回到营房里。

晚上,我挖了果酱涂到煎饼上吃了起来。我觉得味道并不好，于是走了出去，想把土豆煎饼送给俄国人。随后我突然想到，这些东西是我母亲亲自烙出来的，而且她站在热烘烘的炉子旁时，也许身上还疼着呢。于是我把这包东西放回背包里，只拿了两块煎饼去送给俄国人。

第九章

我们乘车走了好几天。天上出现了第一批飞机。我们从运输车队旁开过去。那些车辆运的都是大炮。我们搭上了一列轻便军车。我寻找我所在的团。谁也不知道它现在在什么地方。到了哪里，就在哪里过夜，翌日早晨就在哪里领军粮，接到的都是些含糊的指示。于是我带着自己的背包和步枪，又上路了。当我到达那个已被炮火严重破坏的地方时，我们那些人已经不在了。我听说我们已经被编进一个流动师，哪里情况紧急，就被派往哪里。这不是什么让人高兴的好消息。人家还告诉我，据说我们的部队遭受了重大的损失。我试图打听卡特和阿尔贝特的消息，可没有人知道他们一丁点儿的情况。

我继续寻找，四处乱走，这是一种奇特的感受。我像个印第安人一样一夜又一夜在外面露宿。后来我得到了确切的消息，当天下午我可以到办公室去报到。

一名上士收留了我。连队两天后就回来了，没有必要再派我出去。“休假过得怎样？”他问道，“很好，是吗？”

“有一段很好，有一段不怎么样。”我说。

“是的，是的，”他叹了口气，“要是不用再回来就好了。休假的后半段，往往因此变得很糟糕。”

我到处闲荡，直到一天早晨连队开进来。他们个个脸色苍白，一身污垢，情绪很坏，而且很忧郁。我跳了起来，挤到他们中间，我的眼睛在寻找，那是恰登，那是米勒在喘气，卡特和克罗普也在。我们把草垫并排铺好。我看着他们时，会感到自己有罪，但我找不到原因。睡觉前，我拿出剩下的土豆煎饼和果酱，与他们分享。

放在外面的两块土豆煎饼已经开始发霉，但还可以吃。我把这两块留给自己，把比较新鲜的给了卡特和克罗普。

卡特啃了起来，问道：“这大概是你母亲做的吧？”

我点点头。

“很好，”他说，“我一吃就吃出味道来了。”

我几乎要哭了。我再也控制不住自己了。不过现在又和卡特、阿尔贝特以及其他人在一起，很快就会好起来的。我是属于这里的。

“你真走运,”正要入睡时,克罗普低声对我说,“据说我们要到俄国去。”

到俄国去。那里实际上已经没有战争了。

远处,前线在发出隆隆的响声。棚屋营房的墙壁震得咯咯作响。

大家都突击做清洁卫生工作。动员令一个接着一个。我们受到来自各方面的检查。衣物破损了,都给换上好的。这时候,我意外获得了一件非常合身的崭新上衣,卡特甚至还得到一整套新的军服。和平即将到来的谣言也传开了,但是另一种说法可能性要大些:那就是我们要被送到俄国去。可是我们在俄国要这些新的衣物干吗?最后消息传出来:皇帝要来视察。因此才有这么多的检查。

整整八天,大家还以为是待在新兵营里,所以才有这么多的事和训练。所有的人都感到不快和烦躁,因为我们觉得,过度的清洁卫生工作毫无意义,分列行进的检阅则更没意思。这样的事情比战壕更让士兵恼火。

那个时刻终于到来了。我们笔直地站着,皇帝驾到。我们都很好奇,想看看他长什么样子。他沿着我们队列前面阔步走过去,我实在有些失望:从图片上看,我想象他的身材还要魁伟些,强壮些,还有雷鸣般的嗓音。

他颁发了铁十字勋章，跟这个说说话，跟那个说说话。然后我们就离开了。

后来我们大家聊起天来。恰登惊奇地说："这就是当今的至尊。在他面前，每个人都得笔直地站着，毫无例外！"他思忖道："在他面前，兴登堡[1]也必须笔直地站着，不是吗？"

"是的。"卡特证实道。

恰登仍没有说完。他想了一会儿，问道："在皇帝面前，国王是不是也要笔直地站着？"

没人确切知道这方面的情况，但是我们对此都不相信。他们两个人地位都那么高，肯定不会真的这么笔直地站着。

"你在想些什么乱七八糟的玩意儿呀，"卡特说，"主要的事情就是，你自己得笔直地站着。"

但是恰登却入了迷。他一向非常贫乏的想象力这时候活跃起来了。

"你瞧，"他几乎是庄重地说道，"我简直无法理解，皇帝也像我一样要上茅坑。"

"这件事你尽可以相信。"克罗普笑着说。

"疯疯癫癫加三等于七，"卡特补充说，"你脑袋瓜里有虱子，恰登，你自己赶快去上茅坑，把你的脑袋弄弄干净，免得像

---

1 德国元帅。第一次世界大战期间任参谋总长、陆军总司令等职。战后两度当选为总统。

个襁褓中的婴孩那样说话。”

恰登溜走了。

“但是有件事我却很想知道，”阿尔贝特说，“要是皇帝说了声‘不’，是不是就不会有战争了？”

“我相信战争肯定还是有的，”我插话说，“据说他在开始时根本就不想打仗。”

“那么，要是不止他一个人，世界上有二三十人都说‘不’呢？”

“这大概就行了吧，”我表示同意，“可是他们偏偏说‘要’。”

“这样的事，想想也真是滑稽，”克罗普继续说道，“我们在这儿，目的是保卫我们的祖国。但是法国人在那里，目的也是保卫他们的祖国。究竟谁对呢？”

“也许两者都对。”我说，心里并不这么认为。

“好的，都对，但是……”阿尔贝特说道，我看得出他想把我逼入困境，“但是我们的教授们、教士们和种种报纸都说，只有我们是对的，但愿如此；但是法国的教授们、教士们和种种报纸却声称，只有他们是对的，那么这究竟是怎么回事？”

“这我不知道，”我说，“无论如何，战争在进行，而且参战的国家每个月都在增加。”

恰登又出现了。他还是那么兴奋，立即又插进来谈话，他想探讨战争究竟是怎么发生的。

“在大多数情况下是这样，一个国家严重地侵犯了另一个国家。”阿尔贝特带着几分傲气回答道。

然而恰登却装出毫无感觉的样子。“一个国家？这我可不明白了。德国的一座山可无法去侵犯法国的一座山。或者一条河，一片树林，一块麦地，也无法去侵犯他人。”

“你是真的蠢，还是装的？”克罗普叽里咕噜地抱怨说，“我说的根本不是那个意思。一个民族侵犯另一个……”

“那么我在这里就没什么要探讨的了，”恰登回答道，“我并没感到自己受到侵犯。”

“你这个人就是要有人开导开导，”阿尔贝特恼火地说，“这种事并不取决于你这样的乡巴佬。”

“那么我马上可以回家去啰。”恰登坚持说道，大家都笑起来了。

“哎呀，你这人哪，民族指的是一个整体，即一个国家……”米勒叫道。

“国家，国家，”恰登狡猾地打起榧子，“战地宪兵，警察，赋税，这就是你们的国家。如果你说的是这些，那我就谢谢了。”

“这就对了，”卡特说道，“这是你第一次说对了，恰登，国家和故乡，这两者确实有区别。”

“但它们是息息相关的，”克罗普想了一下说道，“没有国家的故乡是不存在的。”

“对了，但是你得再想想，我们大家差不多都是普通人。而在法国，绝大多数人也是工人、手工业者或是小公务员。那么，为什么一个法国钳工或鞋匠现在要来攻打我们呢？不，这是政府的意思。我来到这里之前，从来没有看见过一个法国人，而绝大部分法国人的情况也跟我们完全一样，他们在这之前也没有看到过我们。他们也跟我们一样，没有什么人会去问战争的事。”

“那么战争究竟为的是什么？”恰登问道。

卡特耸耸肩膀。“必定有一些人，战争对他们有好处。”

“你瞧，我可不是他们中的一个。”恰登奸笑着。

“你不是，这里没有哪个是。”

“那究竟是谁呢？”恰登追问道，“它对皇帝也没有什么好处。皇帝要什么有什么。”

“话不可以这么说，”卡特回答道，“到现在为止，他还没有过战争。而每个伟大的皇帝至少需要一场战争，不然他就不会出名了。看看你的学校课本吧。”

“将军们也是通过战争出名的。”德特林说。

“比皇帝更有名气啊。”卡特证实道。

“肯定有想靠战争发财的人在幕后策划。”德特林咕哝着。

“我想，它更像是发烧，”阿尔贝特说道，“本来没有什么人想要，可是一下子它就来了。我们没有表示过需要战争，别人也同样这么认为——尽管如此，半个世界已经卷进去了。”

“但是那边撒的谎比我们这里还要多，”我反驳说，“你们只要想想俘虏们带的那些传单吧，那上面竟然说我们吃比利时的儿童。写这种东西的家伙，应该把他们吊死。他们是真正的罪犯。”

米勒站了起来。“无论如何，仗在这儿打总比在德国打好。你们只要看看那些布满弹坑的战场！”

“说得很对，”就连恰登也表示同意，“但是如果压根儿没有战争，那就更好啰。”

他很自豪地走开了，因为他这一次总算教导起我们来了。他的见解在这里的确很典型，人们一再遇到这种说法，也无法进行反驳，因为与此同时，已经无法理解其他一些因果关系了。军人的民族感情就在于：他来到这里。但这也是这种感情的结束，其他一切他会根据实际情况按自己的观点做出评价。

阿尔贝特恼怒地躺到草地上。“不谈这些无聊的事才好呢。”

“谈了也没用。”卡特证实说。

我们多了个额外的任务，就是把新领来的衣物全交出去，重新拿回我们那些破旧的东西。好的衣物仅供检阅时用。

我们没有去俄国，而是又开赴前线。途中我们穿过一片可怜的树林，树干都被折断，土地被炸开。在好几个地段，还有非常可怕的窟窿。“好厉害，那里打得可不轻啊。”我对卡特说。

“是迫击炮打的。”他答道，随后朝上面指指。

树枝上挂着好几个死人。有一个赤裸着身子的士兵蹲在一根粗大的树杈上，头上还戴着一顶钢盔，要不他就毫无遮掩了。他只剩下上半身坐在那上面，两条腿已经没有了。

“先前那里发生了什么事？”我问道。

“他们把他的衣服炸掉了。”恰登叽里咕噜地说。

卡特说：“真奇怪，这样的事我们已经看到过好几次了。如果是迫击炮打中的，那么身上穿的衣服确实会被炸得一点也不留。这是气浪冲击造成的。”

我继续寻找。情况确实如此。这里光是挂着军服碎片，那里粘着渗血的一块块碎肉，这些肉块原来就是人的四肢。那边有一个躯体，它的一条腿上还贴着一片衬裤，脖颈围着军服上衣的领子，否则他就完全赤裸了，衣服都挂到旁边一棵树上了。两条胳臂已经没有了，仿佛是被旋转着扯出来似的。其

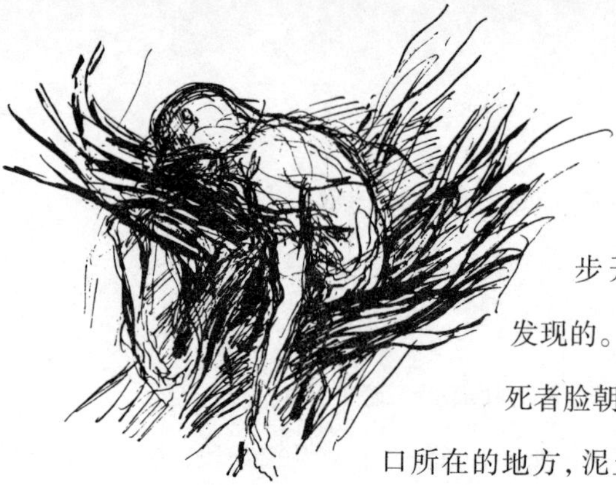

中一条胳臂我是在二十步开外的一个灌木丛里发现的。

死者脸朝着地伏在那里。胳臂伤口所在的地方，泥土被血染成了黑色。两只脚底下的树叶都破碎了，仿佛那人的双脚曾经踢过似的。

“这不是开玩笑，卡特。”我说。

“肚子里有榴弹碎片也不是开玩笑。”他耸了耸肩膀答道。

“千万不要太重感情。”恰登说。

所有这些事情发生的时间都不会很久，血还是新鲜的。由于我们看到的所有这些人都死了，我们就没有再耽误时间，而是立即把这事报告给离此最近的卫生站。抬担架的活终究不是我们分内的事。

应该派一个巡逻队出去侦察，弄清敌人的阵地有多远。我因为自己休过假而对别人怀有某种特殊的感情，因此我报名跟他们一道去。我们商定了一个计划，蹑手蹑脚地穿过铁丝网，然后大家分开，一个个向前爬行。过了一会儿，我发现一个很浅的弹坑，就滑了进去，从里向外窥视。

这个地带的机关枪火力中等，从四面八方扫射过来，并不是太猛烈，但是足够压得人无法直起身来。

一颗照明弹炸开了。整个地带僵硬地躺在惨白的光线中。随后黑暗又合拢，比先前更黑了。在战壕里，他们曾说过，我们的前面有黑人部队。这真是棘手，我们很难看清他们，而且他们当巡逻兵非常能干。然而也很奇怪，他们又常常同样不理智——不仅是卡特，还有克罗普，有一次在巡逻时就消灭

过敌军的一个黑人巡逻队，因为这些人在半路上烟瘾发作抽起烟来。卡特和阿尔贝特只需把亮着的烟头作为目标瞄准就行了。

一颗小榴弹发出哦哦声落在我身旁不远的地方。开始时我并没有听到它发出的声音，因而我大惊失色。一刹那间，一种失去控制的惊恐攫住了我。我在这儿孤孤单单一个人，在黑暗中几乎束手无策——也许早就有另外一双眼睛从另一个弹坑里注视着我了，一枚手榴弹已经做好了投掷准备在那里放着，要把我炸得血肉横飞。我试图振作起来。这并不是我第一次巡逻，也不是一次特别危险的巡逻。但这是我休假后的第一次巡逻，此外这一地带对我来说还相当陌生。

我对自己说，我的惊恐不安是毫无意义的，在黑暗中很可能根本没有什么人埋伏着，不然射击就不会这样低了。

可是这样解释仍无济于事。混乱中，各种各样的想法在我脑袋里嗡嗡作响——我仿佛听到母亲告诫我的声音，看到胡须飘拂着的俄国俘虏靠在铁丝网栅栏上，我清晰、美妙地想象着一个摆放着许多沙发椅的营房食堂、在瓦朗西纳[1]的一家电影院，我在幻觉中痛苦而又害怕地看到一支步枪那灰暗的、冷酷无情的枪口，尽管我试图转动我的头，但枪口总是在暗中

1 法国北部的一座城市。

窥伺着，毫无声息地跟着移动：汗水从我的一个个毛孔里冒了出来。

我仍然躺在那个浅浅的弹坑里。我看了看表，时间才过去了几分钟。我的额头湿漉漉的，我的眼窝湿润了，两只手在颤抖，我轻轻地喘着气。这不是什么别的，而是一种可怕的恐惧发作，一种简单的、普普通通的、连狗也会有的恐惧，就是怕把头伸出去，怕继续再向前爬行。

我的努力宛若粥一样融成一个愿望，但求继续躺在那里。我的四肢贴在地面上，我做了一次尝试，但是徒劳无功，它们仍然松动不了。我干脆把身子紧紧贴到地上，我无法向前，便下决心躺在那里。

但是一个浪涛立即又冲刷着我，那是由羞愧、懊悔以及安全感混合而成的一个浪涛。我把身子稍稍向上抬起，眺望四周。我的眼睛感到酸痛，于是我就凝视着黑暗。一颗照明弹直往天空蹿；我又把身子紧贴到地面上。

我在进行一场毫无意义的、纷乱的战斗，我想从浅坑里出来，但是又滑了进去；我说："你必须出去，那是你的伙伴们，不是什么愚蠢的命令。"接着我又说："那跟我有什么相干，我只有一条命可以送啊……"

那一切都是休假造成的，我愤怒地原谅着自己，但是我自己对此也不相信。我感到极其软弱无力，慢慢地把身子抬起来，两条胳臂向前伸去，后面拖着背脊，于是我就半个身子贴在弹坑的边缘上。

这时候，我听到一阵响声，就迅速往后缩。尽管有大炮的隆隆轰鸣声，我还是听到了这个可疑的响声。我留心谛听——那响声在我后面。那是我们的人在战壕里走动发出的响声。此刻我也听到了低沉的嗓音。根据声音判断，说话的人很可能是卡特。

一股巨大的暖流一下子通过我的全身。这些嗓音，这几句低语，以及在我后面战壕里的这些脚步声，一下子把我从恐惧死亡的可怕孤独中拉了出来，这孤独几乎毁了我。它们比我的生命更加可贵，这些嗓音，它们比母爱和恐惧更具有意义，它们确实是当今存在着的最强大、最能保护人的东西——我的伙伴们的嗓音。

在黑暗中，我再也不是孤孤单单、哆哆嗦嗦的存在——我属于他们，他们也属于我，我们大家有相同的恐惧和相同的生活，我们已经以一种简单而又艰难的方式联系起来了。我真想把自己的脸塞到他们中间，塞到这些嗓音、这些曾经拯救过我并且以后还将支持我的话语中间。

我小心翼翼地溜出弹坑的边缘，像蛇一样向前爬行。我用四肢继续匍匐了一会儿，效果倒还不错，我观测着方向，环顾四周，注意炮火的情况，以便可以顺利返回。后来我设法跟别人取得联系。

我还是感到害怕，但这是一种头脑冷静的害怕，一种非同寻常的警惕性。夜里刮着风，在炮口喷出的火焰闪亮时，黑影在来来回回地晃动。通过这样看到的，既太少，又太多。我常常聚精会神地注视，但是往往看不到什么。因此我前进了相当一段距离，然后又绕着弯回来。我仍然没有和我们的人联系上。每靠近我们的战壕一米，都使我充满了信心——当然速度也更快了。现在要是再错过一次机会，那可就不妙了。

这时候，一种新的恐惧突然向我袭来。我再也不能准确地辨认出那个方向了。我平静地蹲到一个弹坑里，试图辨认方向。有人高兴地跳进一条壕沟，随后才发现这壕沟不是自己应该跳进的那条，这样的事已经出现过不止一次。

过了一会儿，我又留心谛听。我仍然没有准确辨认出来。错综复杂的弹坑这时简直叫我眼花缭乱，我激动起来，再也不知道我应该选哪个方向。也许我现在正和战壕平行地爬着，这样可能就要没完没了地爬下去。因此我再次突然改变了方向。

这些该死的照明弹！它们似乎亮了一个小时，人根本动弹不得，否则子弹就会在他周围嗖嗖直响。

这可吓不退我，我一定要出去。我断断续续地费力向前爬，像只螃蟹似的竭尽全力伏在地上爬着，两只手都被刮胡刀一样锋利的锯齿形弹片划伤了。有时我有这样的印象，仿佛地平线那边的天空明亮了一些，但这可能也是个幻觉。于是我逐渐察觉到，我是在为自己的生命而爬着。

一颗榴弹炸响了。紧接着又有两颗。战斗开始了。机关枪嗒嗒地响着。现在除了俯伏在地上，暂时没有别的办法。看来这已经变成一次进攻了。到处都有照明火箭升空。接连不断。

我蜷缩着身子躺在一个大弹坑里，两条腿直至肚子部位都泡在水里。进攻一开始，我就要钻到水里，钻到使自己不致窒息的那种程度，把脸尽可能埋到污泥里。我一定要装成死人。

突然我听到炮火跳了回来。我立即往下滑进水里，钢盔完全罩到后颈上，嘴巴露在水面上，刚好可以吸气。

后来我一动也不动地躺着，因为某个地方有什么东西发出了当啷声，沉重的脚步声踢踢踏踏地越来越近——我身上所有的神经都冷冰冰地收缩起来。响声从我的头上过去了，第一批队伍过去了。先前我脑海里只有一个支离破碎的想法：要是有个人跳到你的弹坑里，该怎么办？——我迅速抽出一把小匕首，紧紧地握住，把它连同手又藏在污泥里。要是有个人跳进来，我立即就向他刺去，这想法在我头脑里捶打着；

“他们朝着铁丝网栅栏紧靠过来，把脸往上面贴，手指钩住铁丝网眼。他们人数很多，往往是并排站着。就这样，他们呼吸着从荒原和树林里吹来的风。”

马上就刺穿他的喉咙,让他不能叫喊,没有别的办法;他也会像我那么惊恐,而我们将会由于恐惧相互打起来,我必定会打赢的。

此时我们的炮兵连开炮了。一颗炮弹打在我的附近。这真叫我发疯似的狂怒起来,我差点儿被自己的炮弹打中;我诅咒着,在污泥里把牙齿咬得咯咯作响;这是一种狂怒的爆发,然而最终我只能呻吟和祈求而已。

榴弹的爆炸声在我耳际轰鸣。如果我们的人发动一次反击,那我就得救了。我把头紧贴到地上,倾听那沉闷的隆隆声,仿佛听着远处矿山的爆破声——我又抬起头,以便仔细听听上面嘈杂的声音。

机关枪嗒嗒地响着。我知道我们带刺的铁丝网仍很坚固,几乎没有受到损坏——其中一部分还通着强电流。步枪的火力有所增强。他们无法通过,不得不退回来。

我又垂头丧气地沉下去,心情极度紧张。坚硬物体相撞的砰砰声、蹑手蹑脚的窸窣声和当啷的声音都听得越来越清楚了。其间传来一声孤单的尖锐刺耳的叫喊。他们遭到了轰击,进攻被击退了。

天色又亮了一点。脚步在我身旁急匆匆地走过。第一批。过去了。又有一批。机关枪嗒嗒的响声成了一条连续不断的链。我正想稍微转动一下身子，便响起了扑通的声音，有个人沉甸甸地啪的一声落进我的弹坑里，滑下来，躺在我身上……

我什么也没想，没有做什么决定——我发狂似的对他刺去，只感觉到那人体颤动了一下，随后就瘫软并倒了下来。等我清醒过来时，我的一只手已经黏糊糊、湿漉漉的了。

那个人发出了呼噜声。我觉得，他似乎在咆哮，每次呼吸都像是一声呼喊，一声雷鸣——但那只是我的动脉在搏动。我想堵住他的嘴，往他嘴里塞泥土，再刺他一下，他一定得安静下来，他把我暴露了；然而我已经够清醒了，同时也突然变得非常软弱，我再也不能举起手来对付他。

就这样，我爬到最远的一个角落里，待在那儿，两眼凝视着他，紧握着匕首，如若他再动一动，就再向他刺过去——但是他什么也干不起来了，我已经从他的呼噜声听出来了。

我可以模模糊糊地看到他。我心中唯一的愿望就是离开。如果不快点离开，那么天色就会大亮，现在走已经够困难的了。然而当我试着把头抬高的时候，我就看出那样做已经不可能了。机关枪火力那样猛烈，我在纵身一跳之前，必定会被打得全身都是窟窿。

我又用钢盔试了一次，把它往上推并稍稍抬起，以便测定枪弹的高度。过了一会儿，一颗子弹把它从我手里打了下来。

火力完全是很低地贴近地面扫射。我离敌人的阵地并不很远，如果我试图溜掉，就会立即被敌人的狙击手逮住。

天色更亮了。我焦躁地等待着我们发动进攻。我的指关节都变白了，因为我把两只手捏得紧紧的，我就这样祈求着射击会停止，我的伙伴们会来。

时间一分钟一分钟地消逝。我不敢再瞥一眼弹坑里那个黑乎乎的躯体。我费劲地避开视线，等待着，等待着。子弹咝咝地响着，形成了一道钢铁的网，没有停止，没有停止。

这时候，我看到自己一只血淋淋的手，突然感觉到一阵恶心。我抓起泥土，往皮肤上擦着，这下子那只手上至少只是脏兮兮的，再也看不见血迹了。

射击丝毫没有减弱。此时双方都同样猛烈。我们的人很可能早就对我不抱任何希望了。

这是个明亮而又灰蒙的早晨。那呼噜声继续响着。我把两只耳朵塞住，但是很快又把手指抽了出来，不然的话我连别的声音也听不见了。

我对面那个躯体动了动。我吓了一跳，不由自主地望过去。现在我的目光紧紧地盯着它。躺在那里的是个蓄着小胡子的人，他的头已经倒向一边，一条胳臂半弯着，头无力地搁在那上面。另一只手放在淌着血的胸脯上。

他死了，我自言自语道，他必定是死了，他什么也感觉不到了——在那儿发出呼噜声的，只不过是那个躯体。然而那个头却试图抬起来，一会儿呻吟的声音更响了，随后那额头又沉到胳臂上。那个人还没有死，他正在死去，可是他还没有死。我朝他移过去，停了停，两只手撑着身子，又继续向前挪动，等待——继续向前，爬了有三米距离，这是一段既漫长又可怕的路程。我终于到了他的身边。

这时候，他睁开了眼睛。他必定已经听到我了，正带着非常恐惧的神情瞅着我。那躯体静静地躺着，但是他的眼睛里却显露出一种非同寻常的想要逃跑的神情，一时间让我觉得，那双眼睛似乎有足够的力量带着躯体一起逃走。数百公里的路程只需猛地一冲就行了。那躯体一动也不动，十分安

静，没有一点声息，呼噜声已经停止，但是那双眼睛却在喊叫，在咆哮；在那双眼睛里，一切生命力都汇合成一种不可思议的逃跑的努力，汇合成对死神、对我的一种极端可怕的恐惧。

我的膝关节支撑不住，人跌了下去，靠两肘支撑着。“不，不。”我轻声说。

那双眼睛紧跟着我。只要它们在那里，我就没有勇气和力气动一下。

这时候，他的一只手从胸脯上慢慢地落下，只落下了很小一段距离，也就是几厘米，然而这一动作却解除了他那双眼睛的力量。我俯下身子，摇了摇头，低声说：“不，不，不。”我举起一只手。必须向他表明，我愿意帮助他，于是我抚摩了一下他的额头。

我的手伸过去时，他的眼睛就退缩回去，现在它们失去了死死瞪着的神情，眼睫毛垂得更低，那种紧张已经放松了。我解开他的衣领，把他的头放到更舒服些的位置。

他的嘴半张着，竭尽全力想说话。他的嘴唇很干。我的军用水壶不在这儿，我没有随身带着。但是弹坑下面的烂泥里有水。我爬下去，掏出我的手帕，把它摊开并往下压，用一只手掌舀起渗到里面的黄黄的泥水。

他把泥水咽了下去。我又去舀了一些。随后我解开他的上衣，以便可能的话，就给他包扎起来。我无论如何一定要这么做，目的是我一旦被俘虏了，那边的人看到我曾愿意帮助他，就不会枪毙我。他试图抗拒，可是他的手软弱无力，做不到这点。他的衬衣已粘住，无法扯到旁边，原来衬衣背后钉着纽扣，而且扣上了。因此没有别的办法，只好把它裁开。

我寻找刀子，又找到了。但是当我开始裁开他的衬衣时，他那双眼睛又一次睁开，那里面又是喊叫和疯狂的表情，所以我不得不把它们捂住，继而把它们合拢，并低声对他说："我想帮助你，伙伴，伙伴，伙伴，伙伴……"我非常清楚地重复这个词，为的是让他可以听得懂。

他身上被刺伤了三处。我用自己的敷料把它们盖住，血从下面流出来，我把敷料压得更紧，于是他就呻吟起来。

这就是我所能做的事。现在我们不得不等待，等待。

这几个钟头啊。呼噜声又响了起来——一个人死起来多么缓慢啊！因为这一点我很清楚：他已经无法救活了。虽然我试图说服自己，但是到了中午，这种借口面对着他的呻吟就融化了，被击毁了。要是我在爬行时没有把那支左轮手枪丢失的话，我会把他打死的。用刀把他刺死，这我做不到。

中午，我是在思维的极限上昏昏沉沉地度过的。饥饿搅得我团团转，为了弄点东西吃，我差不多哭出来了，可是我无法跟饥饿做斗争。我好几次舀水给那垂死的人，我自己也喝了起来。

他是我亲手杀死的第一个人，而且是我可以清清楚楚地看到他死去的第一个人，他的死是我造成的。卡特、克罗普和米勒早就用枪打中过人了，他们也已经看到过这种情况，许多人都有这样的经历，常常是在白刃战中……

然而每次呼吸都把我的内心暴露出来。这个濒死的人有好多个钟头的时间，他有一把看不见的刀子，用它把我刺死：时间和我的思想。

要是他能够活下来，我愿意付出很多。躺在那儿，不得不看着他、听着他，这就难过了。

下午三点，他死了。

我松了口气。然而那只是很短的时间。很快我就觉得寂静比呻吟声更难以忍受。我希望那呼噜声再来，断断续续的，沙哑的，一会儿是轻轻的鸣笛般的声音，随后又是沙哑的、响亮的声音。

我所做的事，是毫无意义的。但是我总得做点事啊。于是我再一次把死者放好，让他躺得舒服些，尽管他再也感觉不到什么了。我把他的眼睛合拢。这双眼睛是棕色的，头发是黑色的，边上有些拳曲。

他那小胡子下面的嘴既丰满又柔软，鼻子稍许有点拱，皮肤略带褐色，现在看起来不再像先前活着时那样惨白了。有一会儿工夫，他的脸甚至跟健康人的脸差不多——后来它很快就变憔悴了，成了一张陌生的死人脸，我常常看到这样的脸，它们全是一个模样。

他的妻子现在肯定在思念他；她还不知道发生了什么事情。看来他似乎经常给她写信；她也还会收到他的信——明天，一个星期后——也许再过一个月还会接到一封在途中耽搁的信。她必定会看这封信，他在这封信里必定会跟她说话。

我的状况越来越糟糕，我再也无法控制自己的思绪。他妻子的外貌如何？像运河那边那个皮肤黝黑、身材苗条的姑娘吗？她现在不属于我了吗？也许经过了这样的事，她现在就属于我了！要是坎托雷克现在坐在我身旁有多好！要是我母亲看到我这样的话……假如我能更清楚地记得返回的路的话，那么这个死者肯定还可以再活三十年。要是他当时向左边多跑两米，那么他现在仍会待在那边的壕沟里，给他的妻子写信。

但是我不能这样继续想下去了；因为这是我们所有人的命运；要是克默里希当时把他的腿往右侧多挪十厘米，要是海埃当时身子能再朝前面弯下五厘米……

寂静在延伸。我说着话，而且必须说话。就这样，我跟他说起话来，我对他说："伙伴，我本来不想杀死你。要是你现在跳到这里来，我是不会这么做的，当然，前提是你头脑也够冷静。但是先前你对我来说，只不过是个概念，是个活在我脑袋里并下了决心的联想——我已经把这个联想刺死了。现在我才看清楚，你是一个像我一样的人。先前我想的是你的手榴弹、你的刺刀和你的武器——现在我看到了你的妻子、你的脸庞和我们共同的东西。宽恕我吧，伙伴！我们看清这事实在太晚了。为什么他们不告诉我们，你们跟我们一样是穷苦人，你们的母亲跟我们的母亲一样在担惊受怕，我们都同样怕死，也会同样死去，也有同样的痛苦……宽恕我吧，伙伴，你怎么会是我的敌人呢？如果我们把这些武器和这些军服通通都扔掉，那么你也可以像卡特和阿尔贝特一样成为我的兄弟。你从我这儿拿走二十年生命吧，伙伴，站起来——你就多拿一些，因为我不知道，该如何面对余生。"

四处很宁静，前线除了步枪响声外一片寂寥。子弹非常密集，它们并非漫无计划地乱放一气，而是从四面八方瞄准好才开枪。我没法跑出去。

"我要给你的妻子写信，"我急匆匆地对那死者说道，"我要给她写信，让她从我这里获悉这个消息，我要把我对你说的话都告诉她，不会让她受苦，我要帮助她，还要帮助你的父母和你的孩子……"

他的军服仍半敞开着。皮夹是很容易找到的。但是我犹豫着，没去打开它。皮夹内有个写着他姓名的小本子。只要我不知道他的姓名，我也许还会把他忘记，时间会把它，把这种情景消除掉的。然而他的姓名却跟一颗钉子一样，一打进我的心里，就永远拔不出来了。它有力量，能够一再唤起这一切，这一切会常常回来，站到我的面前。

我手里拿着那皮夹，下不了决心。它从我的手里滑落下去，掉在地上打开了。几张照片和几封信滑了出来。我把它们拾起来，想再放进去，但是我承受的压力，完全不确定的情况，饥饿，危险以及跟这死者在一起的这几个小时，都使我感到绝望。我想尽快解脱，要加剧这种痛苦，从而结束这种痛苦，正像一个人伸出一只痛得难以忍受的手猛击一棵树，会发生什么事，已经完全无所谓了。

几张照片都是业余摄影者拍的窄幅照片，照的是一个女人和一个小姑娘，后面是爬满了常春藤的一堵墙。照片旁边夹着几封信。我把信拿出来，试着看看它们写了些什么。大部分我都看不懂，实在太难了，而我只懂一点点法语。但是我可以翻译出来的每个词，却都像一枪打进我的胸膛——又像一把刀刺进我的胸口……

我的脑袋受到过度的刺激。但是我仍然相当清楚，我永远也不能像先前所想的那样给这些人写信。不能那么做。我又看了看这些照片，她们并不是富人。要是我以后能挣到点钱的话，我倒可以不具姓名寄些钱去。我就抓住这点，这至少是个小小的立足点。这个死者跟我的生命已经联系在一起，因此我必须什么事都做，什么事都许诺，以便拯救我自己；我盲目地发誓，我仅仅是为了他和他的一家人而活着——我不厌其烦地对他进行劝说，而内心深处却怀抱着这样的希望：通过这种方式我可以赎罪，也许还可以从这里完全脱身，这是个小小的计策，人们以后总还是可以看得出来。因此我打开那个小本子，慢慢地念道：热拉尔·迪瓦尔，排字工人。

我用这个死者的铅笔把地址写在一个信封上，然后突然迅速地把所有的东西都塞回他的上衣里。

我把排字工人热拉尔·迪瓦尔杀死了。我以后一定要当个排字工人，我的脑子胡乱地想着，当个排字工人，排字工人……

下午我心情较平静。先前我的恐惧是毫无道理的。那个姓名再也不会弄得我忐忑不安了。那阵像精神错乱般的发作已经过去。“伙伴，”我对那个死者说，但是我说得很冷静，“今天是你，明天是我。但是如果我能幸免于难，伙伴，我一定要跟这件事情进行斗争，它把我们两个人都给毁了。它从你那儿夺去了生命，而从我这里呢？也是生命。我对你许下诺言，伙伴。这种事永远不会再发生了。”

太阳斜挂在西边。我由于精疲力竭和饥肠辘辘而被搞得昏昏沉沉。我感觉昨天好像是一片迷雾，我也不指望自己能从这儿出去。因此我就打起盹来，一点也不知道夜幕就要降临。黄昏来到了。感觉它来得很快。还有一个小时。若是夏季，还有三个小时。还有一个小时。

这时候，我突然颤抖起来，担心会有什么事情意外地发生。我再也不去想那个死者，对我来说，他现在完全无足轻重了。求生的欲望一下子又跳了出来，原先我想的一切东西，则因此沉降下去。仅仅是为了不再遭遇到不幸，我机械般地念叨："我一定会遵守我对你许下的诺言……"但是我现在就已经知道，我不会去做的。

我猛然想到，要是我爬出去，自己的伙伴们可能会对着我射击；他们不知道是我。我要尽早呼喊，让他们明白是我。我要在战壕前继续躺着，直到他们回答我。

第一颗星星出现了。前线仍然很平静。我舒了一口气，激动得自言自语道："现在不能干蠢事了，保罗——要镇静，要镇静，保罗——这样你就得救了，保罗。"每当我叫着自己的名字，就会起作用，仿佛是别人在跟我说话似的，因而具有更大的力量。

天色更黑了。我的激动平息了，我小心翼翼地等待着，直到第一批火箭升上天空。随后我爬出弹坑。我已经忘了那个死者。展现在我面前的是正在开始的黑夜和被照得惨白的田野。我看准了一个弹坑；就在火光熄灭的一瞬间，我迅速跳了进去，接着继续摸索，又跳进下一个弹坑，弯下身子，继续前进。

我靠得更近了。在那儿，就在一艘火箭发出的亮光中，我看到有什么东西在铁丝网里移动，随后它就停下来躺着，一动也不动。过了一会儿，我又看到它了，这肯定是我们战壕里的伙伴们。但是我仍然很小心，直到我认出我们的钢盔。后来我喊了起来。

紧接着响起了回答的声音，叫着我的名字："保罗——保罗……"

我回喊着。那就是卡特和阿尔贝特，他们带着一块帐篷帆布出来找我。

"你受伤了吗？"

"没有，没有……"

我们滑到壕沟里。我要了一些吃的东西，狼吞虎咽地吃到肚子里。米勒给了我一支香烟。我三言两语地说了发生的事。这也不是什么新鲜事，这样的事经常发生。只有夜间进攻才是这件事的特殊之处。可是卡特在俄国时，曾有一次在俄国人的阵线后面躺过两天，后来才突破防线回来。

对于那个死了的排字工人，我什么也没说。

然而到了第二天早晨，我再也忍耐不住了。我一定要把此事告诉卡特和阿尔贝特。他们两人都安慰我。“你对这样的事根本无能为力。除此以外，你还能做什么呢？你就是为此才到这里来的嘛！”

我待在他们身旁，受到了抚慰，听着他们的话，感到十分安全。我当时在那个弹坑里，都胡说了些什么啊！

“你瞧瞧那边。”卡特说道。

壕沟胸墙旁站着几个狙击手。他们把带有瞄准望远镜的步枪放在那儿，窥伺着那边的整个地段。不时发出一声枪响。

这时我们听到了叫喊声。“这下子命中了吗？”——“你们看到他中枪后是怎么跳高的吗？”厄尔里希下士自豪地转过身子，记下他的分数。在今天的射击一览表上，他无疑命中了三枪，高居榜首。

“你对这有什么说的？”卡特问道。

我点点头。

“如果他继续这样干下去，那么到了今天晚上，他的纽扣洞里一定会多一只彩色的小鸟[1]。”克罗普说道。

“或者他很快就会被提拔为中士。”卡特补充说道。

我们相互看看。“我是不会干这种事的。”我说。

---

1 士兵语：勋章。

“不管怎么说，”卡特说，“你现在正好看到了，这就很好嘛！”

厄尔里希又走到胸墙旁。他的步枪枪口一会儿朝这边，一会儿朝那边地搜索着。

“你那件事，无须再多说啦。”阿尔贝特点点头说。

现在，我再也无法理解自己了。

“那只是因为我不得不和他一起躺那么久。”我说。战争毕竟是战争嘛。

厄尔里希的步枪短促而又单调地响着。

第十章

我们意外地得到一份好差事。我们八个人的任务是守卫一个村庄，村庄的居民已经撤走了，因为它曾遭到非常猛烈的炮火的轰击。

我们主要是照看尚未撤空的军粮库。我们自己的给养也必须从库存的军粮中取用。做这样的勤务，最合适的人就是我们——卡特、阿尔贝特、米勒、恰登、莱尔、德特林，我们这个班的人都在。海埃死了。但是这还算是幸运的了，因为其他各个班的伤亡都比我们班多。

我们选择了一个用混凝土浇注成的地下室作为掩蔽部，有台阶从外面通到地下室。入口处另有一堵混凝土墙作为防护。

我们开展了大量的活动。这又是一个机会，不仅可以伸展两腿，而且还可以散散心。我们都充分利用这样的机会，因为我们的处境太令人绝望，不可以多愁善感太久。只有情况并不非常糟糕时，才可能这样。然而除了变得现实以外，别无其他办法。我们现实到了这样的程度：从前或战前的一个思想闯入我脑海的时候，我往往会感到恐惧，然而持续的时间并不长。

我们必须尽可能用轻松的心情来看待自己的处境。因此我们总是利用每一个机会这么做，无聊的行为或废话总是直接地、紧紧地、毫无间隔地和恐惧依靠在一起。我们也干不了别的，我们就这样一心扑了上去。现在，我们怀着火热的激情来创造一种田园般的生活，当然是吃饭和睡觉方面的一种田园般的生活。

我们的住所首先铺上了我们从几个房间里拖来的床垫。一个士兵的屁股也喜欢坐得柔软一些。只有房间的中央，仍然有一块空地。随后，我们就去弄毯子、羽绒被和豪华的柔软的东西。村庄里什么都有。阿尔贝特和我找到了一张可以拆开的桃花心木床，它有一顶蓝色的绸帐和一条带花边的床罩。我们在搬动它时像猴子一样大汗淋漓，可是像这样的东西绝不能放弃，尤其是因为它在几天之内肯定会被枪炮打得粉碎。

卡特和我对几幢房屋进行了一次小小的巡察。在很短的时间里，我们就搞到了十二只鸡蛋和两磅相当新鲜的黄油。

突然，一个客厅里响起了轰隆的声音，一只铁炉子穿入墙壁，从我们身边飞过，在离我们一米的地方又穿过一堵墙壁，砸出两个窟窿。炉子是从对面那幢房子里飞来的，先前有一颗榴弹打进那幢房子。“我们真幸运。”卡特露齿冷笑道，我们继续搜寻。我们猛然竖起耳朵听，疾步向前走。紧接着我们仿佛着了魔似的站住了：在一个小猪圈里，竟然有两只活泼可爱的仔猪在嬉闹玩耍。我们揉揉眼睛，又仔细地朝那边看去：它们确确实实仍在那里。我们把它们捉住——毫无疑问，是两只实实在在的仔猪。

这可以做成美味佳肴。离我们掩蔽部约莫五十步远处有一幢小房子，先前是军官的住所。厨房里有个巨大的炉灶，有两个炉栅，还有平底锅、钵和普通锅子。该有的都有了，在一个棚屋里甚至还放着一大堆已经劈成细片的木柴——真是个地地道道的童话中的安乐园啊。

我们有两个人从早上开始就在田地里寻找土豆、胡萝卜和嫩豌豆。我们对军粮库里的罐头不屑一顾，就是要享受，就是要新鲜的东西。餐室里，早有两颗花椰菜放在那里。

两只仔猪都已宰好。是卡特解决的。我们想做土豆煎饼，和烤肉配在一起。可是我们找不到加工土豆的礤床儿。不过这问题很快也解决了。我们用钉子在罐头盖上打了好多洞眼，就这样做成了礤床儿。三个人戴上了厚厚的手套，以便在擦土豆时保护好手指,另外两个人削土豆皮,事情进展得很快。

卡特料理仔猪、胡萝卜、豌豆和花椰菜。他甚至还在花椰菜里加了白酱油调味。我负责做土豆煎饼,每次总是同时煎四个。十分钟之后,我发现了一个窍门:把平底锅朝上猛地甩动一下,把一面已经煎好的土豆煎饼向上抛起,在空中翻个身,落下来时再用平底锅接住。仔猪是整只烤的。大家都围着它们站着,仿佛围着一座祭坛。

这时候,客人来了,那是两个无线电报务员,他们接受了慷慨的邀请来就餐。他们坐在客厅里,那里摆放着一架钢琴。他们一个弹琴,一个唱《威悉河岸上》。他唱得很有感情,但是带着浓重的萨克森口音。尽管如此,当我们这样站在炉灶旁边准备着美味佳肴的时候,它还是拨动了我们的心弦。

我们逐渐觉察到,我们就要遭到猛烈的轰击了。观测气球已经发现我们烟囱里冒出的炊烟,我们开始遭到炮火攻击了。那都是些该死的小型炮弹,它们打出的洞那么小,弹片散开的范围又那么大,而且离地又很近。它们越来越近地在我们四周呼啸,但是我们也不能放弃这些美味佳肴。那些家伙继续在开炮。有几块弹片从厨房顶上的窗子穿过去。仔猪我们很快就可以烤好。但是做土豆煎饼现在就困难了。弹着点那么密集,弹片越来越频繁地打到屋子的墙上,并且呼啸着穿进窗户。每当我听到这样的东西朝我呼呼地飞来,我就拿着平底锅和土豆煎饼，膝盖一屈，把身子缩到窗子旁边的墙后面。随后我又立即直起身子，继续做土豆煎饼。

那两个萨克森人停止演奏和演唱了，一块弹片飞进了钢琴。我们这时也逐渐把一切都准备好并组织撤退。在下一次轰击过后，两个人带着几罐蔬菜跑出去，冲过五十米到了掩蔽部。我们看到他们一下子不见了。

又是一次轰击。大家都弯下身子，随后有两个人小跑着出去，每人带着一大壶头等咖啡，在下一次轰击前到达了掩蔽部。

现在，卡特和克罗普抓起那件杰作：一只大平底锅连同已经烤成棕黄色的两头仔猪。他们大叫一声，往下一蹲，一口气冲过了五十米空旷的原野。

我把最后四块土豆煎饼做好；在烙的过程中，我不得不两次伏到地上，但是我毕竟多烙了四块土豆煎饼，而那是我最爱吃的东西。

于是，我抓住那只高高地摞着土豆煎饼的盘子，身子紧紧贴到屋门后面。嗞嗞声响着，接着响起了噼啪的爆炸声，我飞也似的奔跑过去，两只手抱着那盘东西，尽可能把它压到胸口。我差不多到达那里时，有个呼啸声越来越响，我就像只鹿一样狂奔起来，绕过混凝土墙，炮弹碎屑溅到那堵墙上，我从地下室台阶上跌落下去，两个肘部都擦伤了，但是我没有丢掉一块土豆煎饼,连盘子也没有弄翻。

我们两点钟开始用餐。一直吃到六点。我们喝咖啡一直喝到七点半,这是军粮库里那种供军官们喝的咖啡,还抽军官们抽的雪茄烟和香烟,这香烟同样是从军粮库里拿来的。七点半,我们开始吃晚饭。十点钟的时候,我们把仔猪的骨头抛到门口。随后我们喝法国白兰地酒和朗姆酒,同样是从那个上帝赐福的军粮库里弄来的,接着又抽裹着广告纸条、又长又粗的雪茄。恰登认为只少了一样东西:军官妓院里的姑娘。

夜晚我们听到喵喵的叫声。一只灰色小猫坐在门口。我们把它引进来,给它吃东西。于是我们的胃口又来了。我们躺下来睡时嘴里还在啃着东西。

然而这一夜却过得很不好。我们吃的东西太油腻了。新鲜的正在吃奶的仔猪肉叫肠胃受不了。掩蔽部里有人不停地来回走动。有两三个人总是把裤子拉下来,懒散地蹲在外面,嘴里还在咒骂。我自己到外面去了九次。凌晨四点左右,我们创造了一个纪录:所有十个人,守卫的人和客人,都蹲在外面。

夜里,燃烧着的一幢幢房屋仿佛是一个个火炬。榴弹隆隆地飞过来,落到地上炸开。运送弹药的车队在公路上疾驰。军粮库的一侧被炸开了。车队的司机不顾到处横飞的弹片,像一群蜜蜂一样挤到那里去抢面包。我们只好一声不吭地让他们去抢。要是我们说点什么，那么我们很可能会遭到一顿毒打。因此我们采用别的办法。我们声明，我们就是守卫的人，由于我们熟悉情况，我们就拿着罐头走过去，用这些罐头换取我们缺少的东西。这有什么关系呢，反正过不了多久，一切都会被炸得粉碎的。我们从库房里给自己拿来巧克力，一块块地吃了起来。卡特说，巧克力对吃坏的肚子有好处。

将近十四天的日子就这样吃喝和闲逛着度过了。没有人打扰我们。这个村庄在炮火中慢慢地消失，而我们却过着幸福的生活。只要军粮库仍有一部分存在，那么一切对我们来说都无所谓，我们只希望一直待在这儿，直到战争结束。

恰登已经变成高贵的人了，雪茄烟他只抽半支就不抽了。他非常自负地说，他已经习惯这么做了。卡特也非常开心。每天清晨，他的第一声叫喊总是："埃米尔，请您把鱼子酱和咖啡送来。"我们一个个都摆出一副十分了不起的气派，每个人都把别人当作自己的勤务兵，称呼他为"您"，给他布置任务。"克罗普，我脚底发痒，请您把那只虱子捉掉。"莱尔说，像个女演员那样把他的一条腿朝他伸过去，而阿尔贝特·克罗普就拖着他的腿走上台阶。"恰登！"——"什么事？"——"请您稍息，恰登，此外，不能说'什么事'，而应该说'遵命'——那么，恰登！"于是恰登又骂骂咧咧的，骂得相当下流，可往往是脱口而出。

又过了一个星期，我们接到开拔的命令。美好的日子过完了。两辆大卡车来接我们。车上已经高高地堆放着薄木板。但是在那些薄木板上面，阿尔贝特和我还是放上了我们那张有帐子和蓝绸床罩的床，还有床褥和两条带花边的羽绒被。床头后面还为每个人放上了一袋最精美的食品。我们有时摸摸那上面，那些硬邦邦的瘦肉香肠、一铁盒一铁盒的肝肠、一听听罐头食品以及一箱箱雪茄，使我们心花怒放。每个人身边都带着满满的一袋。

此外，克罗普和我还抢救出两把红色丝绒靠背椅。它们放在那张大床里面，我们坐在那上面舒展四肢，就像坐在剧院的包厢里。在我们头顶上，帐子的绸子被风吹得鼓鼓的，宛若一顶华盖。每个人嘴里都衔着一支长长的雪茄。我们就这样居高临下俯视这一带的景色。

在我们中间还放着一个鹦鹉笼，那是我们找来装猫的。现在猫也一道带来了，它躺在笼子里，面前放着一盆肉，喵喵地叫着。

卡车缓慢地在公路上滚动。我们唱着歌。在我们后面，榴弹在现已完全撤空的村庄里把泥土掀起，喷泉般地抛向空中。

几天以后，我们出动去撤离一个村庄。途中我们遇到被驱逐而逃难的居民。他们用手推车和儿童车拖着或是背上驮着他们不太值钱的家当。他们形态伛偻，脸上充满忧虑、绝望、慌张和逆来顺受的表情。孩子们牵着母亲们的手，偶尔有个年龄较大的姑娘领着几个年龄小一些的，这些孩子跌跌撞撞地向前走，一再回过头来看。有几个还带着蹩脚的玩具娃娃。他们从我们身旁经过时，个个都默不作声。

我们仍然列成行军队伍前进，法国人对一个还住着同胞的村庄当然是不会炮轰的。但是几分钟之后，空气在吼叫，大地在颤动，喊叫声响了起来——一颗榴弹击中了走在最后的队伍。我们马上分散开，扑倒在地，但是就在同一瞬间，我感觉到自己的急切心情不见了，这种急切的心情以往在炮火中总是使我不自觉地做对的事情；“你完蛋了”的想法伴随着令人窒息和可怕的恐惧猛地闪现出来，紧接着，我的左腿仿佛挨了一鞭击打似的。我听到阿尔贝特在叫喊，他就在我旁边。

“赶快，起来，阿尔贝特！”我大声叫道，因为我们都躺在空旷的地上，毫无遮掩。

他跌跌撞撞地站起来奔跑。我始终跟在他旁边。我们必须翻过一道矮篱笆，它比我们的个子还要高。克罗普抓住树枝，我托住他的一条腿，他喊了一声，我把他一推，他就翻了过去。我跟在他后面也纵身一跃，却落到篱笆后面的一个池塘里。

我们满脸都是浮萍和泥浆，但是掩蔽倒是好的。因此我们就齐脖子泡在池塘水里。每当炮弹呼啸时，我们就把头部也沉入水里。

我们这样做了十几次后，我感到厌倦了。阿尔贝特也叹着气说:“我们还是走吧,不然我就会栽倒淹死。”

“你什么地方挂彩了?”我问道。

“我想,在膝盖部位。”

“你还能跑吗?”

“我想……”

“那就走吧。”

我们赶到公路边的路沟处,弯着腰沿着路沟奔跑。炮火追着我们。这条公路通向弹药库。如若弹药库被炸,那么我们中绝对不会有人能够保住脑袋。于是我们改变计划,从偏僻处跑过田野。

阿尔贝特跑得越来越慢。“你快跑,我后面跟着。”他说着,便跌倒在地。

我抓住他的一只胳臂,摇着他。“起来,阿尔贝特,你要是躺下去,那你永远也不能往前走了。快,我来扶你。”

我们终于赶到一个小小的掩蔽部。克罗普跌落下去,我给他包扎好伤口。那一枪打在他膝盖上面一点的部位。后来我看看自己。我的裤子沾满了血,一条胳臂也血淋淋的。阿尔贝特用他的敷料包扎我的伤口。他的那条腿已经不能动弹,我们两个人都感到惊奇,我们究竟怎么会成功地跑到这里来。这仅仅是恐惧促成的;即使我们两只脚都被枪炮打掉了,我们也会跑过来——我们同样可以用残肢来奔跑。

我还能爬行一点儿路，于是叫住一辆路过的两侧有栅栏的车子，它把我们带走了。车上装满了伤员。有个二等卫生兵也在那里，他在我们的胸口上打了一针破伤风针。

在野战医院里，我们安排了一下，两个人就并排躺了下来。人家给了我们一碗稀薄的汤，我们既贪婪又轻蔑地用调羹把它吃光，因为我们虽然已经过惯了比较好的日子，但是这时肚子毕竟饿了。

“这下子可以回家了，阿尔贝特。”我说。

“但愿如此，”他答道，“我只想知道自己受了什么伤。”

疼痛越来越厉害。绷带如同火在燃烧着。我们喝着水，喝着水，一杯接着一杯。

“我中弹的部位，在膝盖上面有多少距离？”克罗普问道。

“至少十厘米，阿尔贝特。”我回答。事实上也许只是三厘米。

“我已经下定决心，”过了一会儿他说，“如果他们要把我的一条腿截去，那我就结束自己这条命。我不愿做一个残疾人在世界上跑来跑去。”

我们就这样怀着心事躺着，等着。

晚上，我们被拖到“屠宰场的案板”上。我大吃一惊，于是迅速考虑该怎么办，因为众所周知，野战医院的医生动不动就做截肢手术。在大批伤员潮水般涌来的情况下，截肢手术显然比复杂的修补工作简单得多。我突然想到了克默里希。无论如何，我不会让他们用氯仿把我麻醉，即使我不得不把几个人的脑袋打破。

情况还好。医生用医疗器械在我的伤口里探查了一番，弄得我突然感到两眼发黑。“您别这样装模作样了。”他骂道，又继续乱戳。那些医疗器械在明亮的灯光下犹如凶恶的野兽在闪闪发光。我疼得难以忍受。两个男护士牢牢地抓住我的两只胳臂，但我还是挣脱了一只，正想用这只胳臂往那医生的眼镜击去，他却发觉了，跳到一边。“你们给这家伙用氯仿麻醉！”他愤怒地叫道。

这时候我安静下来了。“请您原谅，大夫先生，我会保持不动的，但是请您不要用氯仿麻醉我。”

“那好吧。”他咯咯地笑了，又拿起他的医疗器械。他是一个头发金黄的小伙子，最多三十岁，脸上有剑伤疤痕，戴着一副令人厌恶的金丝边眼镜。我发觉他在故意折磨我，他只是在伤口里拨来弄去，有时候还从他眼镜上方斜着眼睛看我。我的一双手使劲握住把手，我宁愿死去，也不让他听到我发出轻微的叫喊声。

他夹出一块弹片，把它扔给我。看来他对我的举止感到满意，因为他现在很细心地给我上夹板，还说：“你明天可以回家了。”随后给我上了石膏。当我又和克罗普在一起时，我对他说，明天很可能有一列运送伤病员的专用列车到这里来。

“我们必须跟那个上士军医谈谈，以便我们可以待在一起，阿尔贝特。”

事情很顺利，我把裹着广告纸条的两支雪茄递给这位上士，说了几句很得体的话。他嗅了嗅雪茄，问道：“这东西你还有吗？”

“还有一大把，”我说，“那是我的伙伴，”我手指着克罗普，“他也有。我们很乐意明天从运送伤病员的专用列车窗子里把它们一起递给您。”

他当然心领神会，再次嗅嗅雪茄，说道：“好，就这样。”

夜里，我们一分钟也没睡着。在我们这个大病房里，已经有七个人死去。有一个人竟用破嗓门男高音唱了一个钟头赞美诗，随后又开始发出临死前的呼噜声。另一个从床上爬到窗口。他躺在那里，仿佛要最后一次眺望窗外似的。

我们的担架停在火车站上。我们等候着火车。天上下着雨，车站没有屋顶。我们的被子很薄。我们已经等了两个小时。

那个上士像母亲一样照顾我们。尽管我感到事情很糟糕，但我还是没有改变我们的计划。我顺便让他看看那个小包，先递给他一支雪茄。上士为此给我们盖上了一块帐篷帆布。

“喂,阿尔贝特,”我忽然想起来说道,“我们那张有华盖的床,还有那只猫……”

“还有那两把俱乐部里的靠背沙发椅。”他补充说。

是的,那两把用红色丝绒做面子的靠背沙发椅。我们在晚上曾像王侯一样坐在那上面,打算以后按钟点把它们租出去。一个小时一支香烟。本来那倒是一种无忧无虑的生活和一种经营啊。

“阿尔贝特,”我突然想到什么,“还有我们那两袋食品。”

我们变得忧伤起来。那些东西我们可能用得着的。要是列车迟一天开,那么卡特肯定会找到我们,而且会把东西捎给我们的。

该死的命运。现在我们肚子里装的是面粉糊，野战医院里的稀薄的食物，而我们的食品袋里则装着烤猪肉罐头。但是我们的身体已经这么虚弱，对这样的事，再也不会激动了。

列车早晨到达的时候，担架已经湿漉漉的了。那上士安排好，让我们上了同一节车厢。那里有一批红十字会护士。克罗普被安排在下铺。我被抬起来，我应该睡到他上面的那个铺位。

“天哪！”我突然脱口而出。

“怎么了？”一个护士问道。

我又朝那铺位看了一眼。那上面铺着雪白的亚麻布床单，干净得难以想象的亚麻布床单，上面甚至还留着熨烫过的折痕。与此相反，我的衬衫已经六个星期没有洗，太脏了。

“您自己一个人不能爬上去吗？”那护士担心地问道。

“那倒没问题，”我冒着汗说，“但是请您先把床上用品拿掉。”

“为什么？”

我觉得自己就像一头猪。要我睡到那上面去吗？——“那就会……”我犹豫地说道。

“有点脏吗？”她鼓励似的问道，“没关系，我们以后会再洗的。”

“不，不是这个……”我激动地说。我对这种文明的突然冲击实在受不了。

“你们在前线的战壕里躺过，就因为这样，我们当然也可以洗一条床单啰。”她继续说。

我瞅着她，她看上去既年轻又漂亮，如同这里所有的床上用品一样，是那么洁白光亮，文雅高尚，人们简直无法理解，这样的人不是只为军官服务的，因而觉得毛骨悚然，甚至感到自己在某种程度上受到了威胁。

尽管如此，女人仿佛是逼供的能手，她迫使我把什么都说了出来。“这只不过是……”我顿住了，她一定明白我指的是什么。

“又怎么了？”

“就因为那些虱子。”我终于吼了出来。

她笑了笑。“它们也应该过几天好日子了。”

现在我对什么都无所谓了。我爬上铺位，把被子盖上。

有一只手在被子上摸索。是那个上士。他拿着雪茄离开了。

一个小时后，我们发觉我们的车子在行驶。

夜里我醒过来。克罗普也动了动。列车轻轻地在轨道上滚动。这一切我仍然无法理解：一张床，一列火车，回家。我低声唤道：“阿尔贝特！”

“啊……”

“你知道厕所在哪里？”

“我想，那边右面那扇门。”

“我想去看看。”车厢里黑黝黝的，我摸着床沿，想小心翼翼地滑下去。但是我的脚踩空了，我就滑了下去，那条上了石膏的腿不听使唤，啪的一声我就躺倒在地上。

“真该死。”我说。

“你撞着什么了？”克罗普问。

“你已经听到了，”我叽里咕噜地抱怨说，“我的脑袋……”

车厢后部的一扇门打开了。那护士手拿着灯走过来，看见了我。

“他从铺上掉下来啦……”

她按了按我的脉搏，摸摸我的额头。“可是您没有发烧。”

“没有——”我同意道。

“那您是不是在做梦？”她问。

“大概是。”我把话岔开。现在，没完没了的提问又开始了。她用她那双明亮的眼睛瞅着我。她越是干净和美丽，我越是不能对她说我想做什么。

我又被抬到上面。这当然很好。只要她一走，我一定会立即试着爬下来。如若她是个老太婆，那么把真实情况告诉她就容易一些，可是她那么年轻，最多二十五岁，这就不好办了，我不便告诉她。

这时候，阿尔贝特来帮我解围，他不害羞，遇到什么难堪的事，他都毫不在乎。他招呼那个护士。她转过身子。“护士小姐，他想……”但是阿尔贝特再也不知道该如何无可指摘而又得体地表达出来。在前线，我们之间只要用一个词就可以说明白，但是在这儿，面对着这样一位女士——可他猛然想起了在学校里的情景，就流利地说完了他刚才说的那句话：“他想出去一下，护士小姐。”

“原来如此，”那护士说，“为了这，他也用不着带着石膏绷带从床铺上爬下来。您究竟想要什么？”她转身问我。

我对这个新的说法感到非常震惊，因为我对那些事的专业用语该如何说，根本就不知道。那护士帮我摆脱了窘境。“小还是大？”这种丢脸的事！我像只猴子一样冒着汗，尴尬地说：“哦，只是小……”

无论如何，至少还有点运气。

我拿到一个瓶子。几个小时后，我再也不是独一无二的人了，到了早上，我们大家都已经习以为常，提出我们的要求，再也不感到难为情了。

列车缓缓地行驶着。有时它停下来，死人被抬了出去。它常常停下来。

阿尔贝特在发烧。我的情况还可以，只是觉得疼痛，但是更糟糕的是,石膏绷带下面很可能还有虱子。痒得很厉害,自己又没法挠。

我们好几天都在昏昏沉沉地睡觉。原野的景色静悄悄地从车窗旁掠过。第三天夜里,我们到了赫伯斯塔尔。我从护士那里听到,阿尔贝特在下一站要被抬下去,因为他在发烧。

“这列火车要开多远?”我问道。

“到科隆。”

“阿尔贝特,我们还会待在一起的,”我说,“你瞧着吧。”那护士在下一次来巡视时,我就憋住气,把气逼向脑袋。脸涨得通红。她停了下来。“您感到疼吗?”

“是的,”我呻吟着,“突然疼起来了。”

她给了我一支体温表,继续向前走。要是我连这方面都不知道,那我就谈不上拜过卡特为师了。这些军用体温表没有考虑到老练的军人。关键只在于让水银柱升上去,那么它就停留在细管子里,不会再落下来。

我把体温表夹在腋窝下,倾斜着朝下,用食指持续不断地弹它。接着我把它朝上甩甩。就这样我就升到了三十七度九。但是这还不够。我小心翼翼地划了一根火柴靠在它的旁边,它就升到了三十八度七。

护士回来时,我呼呼直喘气,呼吸很急促,一双有些呆滞的眼睛不安地瞪着她,细声地说道:“我再也忍受不住了。”

她把我也记在一张纸上。我清楚地知道，不到万不得已时，我的石膏绷带是不会解开的。

阿尔贝特和我一道被抬下了车。

我们躺在一家天主教会的医院里，在同一个病房。这是非常幸运的，因为天主教会医院以其良好的治疗和良好的伙食而闻名。这家野战医院全给我们这趟列车上的人住满了，其中有许多重病号。我们今天没有去进行检查，因为那里医生太少。在走廊上，接连不断有装着橡胶轮子的平板车推过去，总是有人直挺挺地躺在上面。该诅咒的一种姿势——像这样四肢都伸得直直的——只有在睡觉时才是舒服的。

这一夜非常不平静。没有哪个人能睡着。将近天亮的时候，我们迷迷糊糊地打了一会儿盹。我醒来时，正好天亮。房门敞开着，我听到走廊上传来人的声音。其他人也都醒过来了。一个在这里已住了几天的人对我解释这种情况："在楼上这儿，每天早晨那些护士都要在走廊里祈祷。她们称之为早礼拜。为了让你们能分享到福分，她们就把门打开。"

这用意肯定是好的，可是我们的骨头和脑袋都在疼。

"多么荒唐的事，"我说，"正好是大家熟睡的时候。"

"楼上这儿都是病情较轻的病人，因此她们就这么做。"他回答道。

阿尔贝特呻吟着。我发怒了，喊道：“外面安静。”

一分钟后来了个护士。她身穿白黑两色服装，看上去好像是个漂亮的咖啡壶保暖罩。“请您把门关上，护士小姐。”有人说。

“现在正在祈祷，因此把门开着。”她反驳道。

“但是我们还想睡觉……”

“祈祷比睡觉好。”她站在那里，天真无邪地微笑着，“再说现在已经七点了。”

阿尔贝特又呻吟起来。“把门关上！”我高声叫道。

她完全惊慌失措了，看样子她根本无法理解。“但这也是在为你们祈祷啊。”

“反正都一样！把门关上！”

她消失了，门仍然开着。连祷又响起来了。我狂怒起来，说道：“现在我数到三为止。如果到时还不停止，就要扔东西了。”

“我也要扔。”另一个人说道。

我数到五。随后我拿起一个瓶子，瞄准了一下，从门里把它扔到走廊上。它碎成了上千块碎片。祈祷停止了。一群护

士出现了,她们克制地责骂着。

“把门关上!”我们喊道。

她们溜走了。先前那个矮个子护士最后一个走。“异教徒。”她叽叽喳喳地说,可还是把门关上了。我们胜利了。

野战医院监督员中午来了,把我们申斥了一顿。他以监禁和更严厉的处罚来威胁我们。然而野战医院的监督员正如军粮库的监督员一样,虽然是个佩着长军刀和戴着肩章的人,但其实是个文职官员,因此就连新兵也从来不把他当回事儿。所以我们就让他去讲。我们会发生什么事呢……

“那个瓶子是谁扔的?”他问道。

我还没有考虑好是否要坦白承认的时候，有个人就说：“是我！”

一个胡子拉碴的人坐了起来。大家都很紧张，急于想知道他为什么要自己承认。

“是您？”

“是的。当时我非常激动，因为我们被毫无必要地闹醒，我失去了理智，我不知道自己干了些什么。”他滔滔不绝地说着。

“您叫什么名字？”

“增援部队预备役军人约瑟夫·哈马赫尔。”

那个监督员走了。所有的人都很奇怪。“你究竟为什么要说是你干的？其实根本不是你干的啊！”

他奸笑着。“这不要紧。我有官方出具的精神失常证明书。”

他这么一说，每个人自然都明白了。谁有官方出具的精神失常证明书，那么他想干什么就可以干什么。

“是的，”他说，“我头部挨过枪击，随后官方就开给我一张证明书，说我有时精神错乱，没法对自己的行为负责任。从那时候起，我可真走运了。没人敢刺激我。我也没遇到过什么麻烦。下面那个人肯定要火冒三丈的。我承认是我干的，因为我觉得这么扔很愉快。如若她们明天再把门开着，我们就再扔一次。”

我们都非常高兴。我们有了约瑟夫·哈马赫尔，现在什么事都敢去冒险。

后来，那些没有声响的平板车开来，把我们接走了。

绷带粘住了。我们都像公牛似的咆哮着。

我们一间病房里住着八个人。伤势最重的是彼得，他长着一头黑鬈发，肺部中弹，情况复杂。他旁边的弗兰茨·韦希特尔，一条胳臂被射伤了，开始时看上去并不糟糕。但是到了第三天夜里，他呼唤我们，要我们按铃，他觉得自己出血了。

我用劲按铃。值夜班的护士没来。晚上我们已经对她提出过相当多的要求，因为我们所有的人都新换了绷带，因此痛得够呛。一个人要求他的腿这样放，另一个也要这样，第三个人要喝水，第四个人要她给他拍松枕头——最后，那个胖老太恶狠狠地咕哝着，砰砰地把一扇扇门关上。现在她大概以为又是这些事，就不来了。

我们等待着。后来弗兰茨说："你再按一次。"

我就再按。她始终不肯再露面。在我们这一侧，夜里只有一个病区护士长，也许她现在正好在别的房间里忙着呢。"你确实有把握，弗兰茨，你是在流血吗？"我问道，"不然我们又要挨训了。"

"绷带都湿了。没人能开个灯吗？"

这也办不到。开关就在门口，但没有哪个人能站起来。我的大拇指死死地按在铃的按钮上，直到拇指都变麻木了。也许那护士正坐着打瞌睡。她们肯定有许多活要做，白天干下来就已经劳累过度了。此外还经常要祈祷。

“我们要不要扔几个瓶子？”有官方精神失常证明书的哈马赫尔问道。

“这比铃声更难引起她的注意。”

门终于打开了。那个老太婆绷着脸出现了。当她看到弗兰茨的情况时，就赶紧忙起来，并且说：“为什么就没有人告诉我啊？”

“我们按过铃的。这里没有哪个人能走路。”

他血出得很多，她把他包扎起来。早晨我们看看他的脸，它已经变得又尖又黄，而在昨天晚上，那张脸看上去还几乎是健康的。现在，经常有护士进来。

有时候也有红十字会的救援护士来这里。她们乐于助人，但是偶尔也有些笨拙。换床单的时候，她们常常把人的伤口弄疼，随后她们又很害怕，结果她们反而把那个人弄得更疼。

修女们比较可靠。她们知道该如何帮忙，但是我们更希望她们能快乐一些。当然她们中间也有几个人很幽默，她们真了不起。谁不乐意给莉贝尔廷护士帮个忙？这个不平凡的护士，她只要在老远的地方一出现，就已经把欢乐的情绪散布到建筑物这一侧的所有地方。这里还有几个像她这样的人。我们愿意为她们赴汤蹈火。我们确实不能抱怨了，因为在这里，修女们简直把我们当作平民来对待。相反，只要想想卫戍部队医院，就叫人不寒而栗。

弗兰茨·韦希特尔没有恢复健康。有一天他被抬了出去，没再回来。约瑟夫·哈马赫尔知道是怎么回事。“我们再也见不到他了。他们把他送到‘死人房间’里去了。”

“什么‘死人房间’？”克罗普问道。

“啊，就是临终病房……”

“那它究竟是什么？”

“这一侧角落上的那个小房间。哪个快要翘辫子了，就被送到那里。房间里有两张床。所有的人都把它叫作临终病房。”

“但是他们为什么要这么做？”

“把这样的人送去后，他们就没有那么多的事要做了。况且那房间也更方便，它就紧靠在通往太平间的电梯旁边。也许他们这样做，目的是避免有人死在大病房里，也是为别人考虑。如果垂死的人单独一个人躺着，那么他们也可以更好地看护他。”

“但是他本人呢？”

约瑟夫耸耸肩膀。“通常他对此事再也不会觉察到很多了。”

“那究竟是不是每个人都知道这样的事呢？”

“谁在这里待得比较久一些，他当然就会知道。”

下午，弗兰茨·韦希特尔睡过的那张床安排了一个新来的人。几天以后，他们又把这个新来的人抬走了。约瑟夫做了个独特的手势。我们还看到一些人进来又出去。

有时候，有些亲属坐在病床旁边低声啜泣，或者轻声地、尴尬地说着话。有个老太太根本不愿意离去，但是她总不能整夜待在这里。翌日早晨，她一大早就来了，但还是来得不够早；因为当她走到那个病床前面时，发现床上已经换人了。她只好去了太平间。她把带来的苹果给了我们。

那个小彼得的情况也越来越糟糕。他的体温记录看起来很不妙，终于有一天，有一辆平板车停在他床边。“到哪里去？”他问道。

“到包扎厅去。”

他被抬到车上。但是那个护士犯了个错误，把他的军服上衣从钩子上拿下来，并把它也放到车子上，这样她就不必再跑一趟。彼得立即就知道了，于是想从车上滚下来。“我就待在这里！”

她们把他按下去。他用他那被打穿的肺低声地叫着：“我不要到临终病房去。”

“我们是去包扎厅。”

“那么你们为什么要拿我的军服上衣?”他再也说不出话了。他激动地用沙哑的嗓音细声地说:“待在这里吧!”

她们没有回答,把他推了出去。车子推到门口时,他还试图坐起来。他那长着黑鬈发的脑袋颤动着,眼里噙满了泪水。“我会回来的!我会回来的!”他喊叫着。

门关起来了。我们大家都很激动,但是我们都不吭声。最后,约瑟夫说:“有人也这么说过。他们一到那里,就坚持不下来了。”

我动了手术，呕吐了两天。医生的助手说，我的骨头尚未愈合。另外有个人，骨头长得不对，又弄断了。真是倒霉。

在我们这些新来者中间，有两个年轻士兵是扁平足。查房时，主任医师发现了他们，高兴地在那里停下来。“我们要为它们矫形，”他说，“只要做一个小小的手术，你们就会有一双健康的脚了。请您记下来，护士小姐。”

他一离去，那个无所不知的约瑟夫便警告说：“你们千万不要让他动手术！这是那个老头对科学的一种狂热。他对自己逮到的每个手术对象，简直像发了狂似的。他给你们动扁平足手术，你们以后确实不会有扁平足了，但换来了畸形足，以后一辈子都得拄着拐棍走路。”

“那我们该怎么办呢？”其中一个人问道。

“就说不要！你们来这里，是来治疗你们的枪伤，不是来治疗扁平足的。你们在战场上没有扁平足吗？瞧，你们已经看到了！现在你们还能跑，要让那老头给你们开刀，那你们就成了残废。他需要的是用来做试验的蠢货，因此对他来说——对所有的医生来说，战争是个辉煌的时期。你们看看下面那个病区吧，那里有十来个人在一瘸一拐地来回走着，都是他给动的手术。有些人在一九一四年或一九一五年就来了，都好几年了。没有哪个人比手术前走得更好，几乎所有的人都比以前更糟糕，绝大多数人的腿都绑着石膏绷带。每隔半年，他都把他们抓来，重新把他们的骨头弄断，而每一次总是吹嘘说取得了成功。你们要小心提防，如果你说不，他就不敢做。”

“啊，天哪！”两人中的一个厌烦地说，“脚总比脑袋好办些。你知道，如果再上前线，会遭遇到什么吗？他们想给我动什么手术，就让他们去动吧，只要让我回家就行。一只畸形脚总比死掉好。”

另外那个跟我们一样是年轻人，他却不愿意。翌日早晨，那老头叫人把两个人带到楼下去，好说歹说，甚至还训斥，折腾了好长时间，他们才同意了。他们有什么别的办法呢？——他们只不过是平民百姓，而他却是个要人。他们被送回来时，绑着石膏绷带，而且还用氯仿麻醉着。

阿尔贝特的情况不妙。他们把他弄走，做了截肢手术。整条腿草草率率地全都截去了。现在他几乎默不作声。有一次他说，如果能再拿到他的左轮手枪，那么他就打死自己。

新的运输车到了。两个眼睛全瞎了的人被安排在我们的病室里。其中一个是个非常年轻的音乐家。护士们给他喂饭时从来不用餐叉；他有一次从一个护士手中夺走了一把。尽管如此小心谨慎，还是出了点事。晚上喂饭时，那护士被人从他床边喊走，盘子连同餐叉就留在桌上。他伸手摸到餐叉，把它抓到手里，用尽平生气力猛戳自己的心脏，随后他抓起一只鞋,使劲地敲着餐叉的柄。我们大声呼救,三个男人跑来才把餐叉从他胸口拔了出来。那并不锋利的叉齿已经深深地戳到里面去了。他整夜都在痛骂我们,弄得没有哪个人能睡着。早晨,他喊得抽搐起来。

又有床位空出来。日子在疼痛、恐惧、呻吟和临终的呼噜声中一天天过去。临终病房也不再顶用了,那房间太小,夜里就有人死在我们病房里。人死得太快了,护士们都来不及考虑。

然而有一天,门突然打开了,平板车推了进来,担架上笔挺地坐着彼得,他脸色苍白,身体瘦弱,昂着长着黑鬈发的头,非常得意。莉贝尔廷护士容光焕发地把他推到他原来的那张床前。他从临终病房回来了。我们以为他早死了。

他环顾了一下四周,说道:“现在你们怎么说啊?”

就连约瑟夫也不得不承认,他是第一次经历这样的事。

我们中间逐渐有几个人被准许下床了。我也拿到一副拐杖,可以一瘸一拐地来回走动。但是我很少使用,因为我在房间里走动的时候,忍受不了阿尔贝特的目光。他总是用奇怪的眼光盯着我。因此我有时溜到走廊上——在那里,我可以比较自由地走动。

在我们下面一层,住着腹部和脊椎受了枪伤、头部中弹受伤以及两臂都截肢的病员。右边那侧是颌骨枪伤者、毒气中毒者以及鼻子、耳朵和脖颈枪伤者。左边那侧是眼睛瞎了的、肺部受了枪伤、骨盆受了枪伤、关节受了枪伤、肾脏受了枪伤、睾丸受了枪伤以及胃部受了枪伤的人。在这里人们才看到，一个人身上到处都可以中弹。

有两个人死于创口破伤风。他们的皮肤变得惨白，四肢僵硬，到最后只有一双眼睛还活着——久久地活着。有些伤员被射伤的四肢临空吊在一个架子上，伤口的下面放着一个盆，脓水滴到盆里。每隔两三个小时，容器就要倒一次。另一些人用绷带裹着躺在床上，床的一头吊着几个沉重的秤砣。我看到肠子受伤的伤口，里面往往塞满粪便。医生的助手把完全被打碎的髋骨、膝盖和肩膀的X光照片拿给我看。

人们无法理解，在这样支离破碎的身子上面居然有人的脸，而生命每天就在那里面延续。然而这仅仅是一个野战医院，也仅仅是一个病区——在德国有成千上万，在法国有成千上万，在俄国也有成千上万。既然这样的事情都是可能的，那么所有已经写出来、做出来和想出来的一切是多么没有意义啊！既然几千年的文明根本无法阻止血流成河，无法阻止成千上万个折磨人的监狱的存在，那么一切必定都是谎言，都是无关紧要的。只有野战医院才显示出什么是战争。

我很年轻，现在才二十岁，但是我所认识的人生，无非是绝望、死亡、恐惧以及与苦难的深渊联系在一起的最无意义的浅薄。我看到各国人民都被迫相互敌视，并且默默地、无知地、愚蠢地、顺从地、无辜地相互杀戮。我看到世界上最聪明的头脑在发明武器和制造舆论，以便使这一切更巧妙、更长久地持续下去。这边和那边以及全世界所有与我同龄的人，都同我一样看到了这种事，我这一代人都同我一样经历了这种事。如果我们有一天站起来，走到我们的父亲们面前，要求说明情况，他们会怎么办？如果一个没有战争的时代来临，他们指望我们干什么呢？几年来我们的工作就是杀人——这是我们一生中的第一个职业。我们对生命的认识仅局限于死亡。以后还会发生什么事？我们会变成什么样呢？

我们病房里年龄最大的是莱万多夫斯基。他四十岁，由于腹部受了严重的枪伤，已经在医院里住了十个月。直到最近几个星期，他才有所好转，能够伛偻着身子一瘸一拐地走点路了。

几天来他心情无比激动。他妻子从她居住的一个波兰小城镇给他写了信，说她已经积攒了好多钱，可以支付路费来探望他。

现在她已经在半路上，随便哪一天都可能到达这里。莱万多夫斯基觉得饭菜已经没有什么味道了，就连红甘蓝烩油煎香肠也只吃几口就送给别人。他经常拿着那封信在房间里转来转去，那封信每个人都已经看了十几遍，邮戳谁也说不清查验过多少次，而那封信的文字由于沾上了油垢和指印几乎辨认不出来了。于是肯定会发生的事终于发生了：莱万多夫斯基发烧了，不得不再次躺到床上。

两年来他没有见过他的妻子。在这段时间里，她生了一个孩子，她把这孩子也带来了。但是莱万多夫斯基这时关心的是另外一些事。他曾经希望他老婆来的时候，可以获准到外面去，因为事情很明显：见面当然非常好，但是相隔这么长的时间以后才与妻子重逢，如有可能，他总是需要点别的。

莱万多夫斯基就这些事情和我们讨论了好几个钟头，因为在军队里，这方面的事算不上什么秘密。也没有人觉得这有什么不好。我们中间那些已经可以出去的人告诉他，镇上有几个令人满意的地方，是绿地和公园，在那里他可以不受干扰，有一个人甚至知道有一个小小的房间。

然而这一切有什么用呢？莱万多夫斯基现在还躺在床上，忧心忡忡。如若他无能为力而错过了这个机会，那么整个生活对他来说就没有什么乐趣了。我们安慰他，答应他想办法把事情处理好。

第二天下午，他妻子到了，她是个身材矮小的苗条女人，一双眼睛怯生生的，不停地转动着，像鸟儿的眼睛一样，披着一条有细褶边和饰带的黑色披肩，天晓得她是从哪里继承这件东西的。

她低声地喃喃自语，有点羞怯地站在门口。我们这里有六个男人，把她给吓住了。

“喂，玛尔雅，”莱万多夫斯基说，他冒着危险动了动他的喉结，咽了一下口水，“你尽管放心进来，他们不会对你怎样的。”

她走了一圈，跟我们每个人都握握手。随后她抱着那个小孩给大家看，那小孩这时候已经往尿布里撒了点什么。她随身带着一只绣着珠子的大手提包，她从包里拿出一块干净的尿布，干净利落地给孩子换上。就这样，她克服了最初的那副窘态，两个人开始交谈起来。

莱万多夫斯基非常烦躁不安，他一再用他那双滚圆的、眼球突出的眼睛极为颓丧地斜看我们。

现在时机很好，医生已经查过房，最多还有一个护士会来望望。因此有一个人又出去察看了一下。他走回来，点点头。“连个鬼也没有。现在你就对她说那事儿，约翰，赶紧干吧。”

两个人用他们的语言交谈着。那女人脸上泛出红晕，尴尬地直愣愣地朝上望着。我们善意地一个劲儿地笑，还做了轻蔑的手势，表示那并没有什么不好啊！让形形色色的偏见见鬼去吧，那些都是为别的时代制造出来的，这儿躺着细木工约翰·莱万多夫斯基,一个被枪打成残废的士兵,那儿是他的妻子,谁知道他什么时候可以再见到她,他想跟她亲热,他也应该跟她亲热,没什么好说的。

我们有两个人站到门口,万一护士们过来,他们就把她们拦住,缠住她们。他们两个人都愿意花一刻钟时间望风。

莱万多夫斯基只能侧卧着,因此我们中有个人抓了几个枕头垫在他的背后,阿尔贝特把小孩抱过来,随后我们都稍微转过身子,那条黑色的披肩便在被子下面消失了,我们高声谈笑,用了许多成语,玩着斯卡特牌。

一切都很顺利。我手上的牌是四张杰克和一色梅花牌,牌戏差不多转了一圈。我们专注地玩牌,几乎把莱万多夫斯基忘了。过了一会儿,那小孩开始又哭又闹,尽管阿尔贝特拼命地把他摇过来摇过去。稍后响起了嘎吱声和窸窣声,我们偶然抬起头来望望,看到那小孩嘴里已经含着奶瓶,又抱在母亲手里了。那件事已经做完了。

我们现在都感觉到大家像是个大家庭,那女人已经跟常人一样活跃起来,而莱万多夫斯基则冒着汗、容光焕发地躺在那里。

他把那个绣花的手提包打开,露出几根很好的香肠,莱万多夫斯基拿起一把小刀,仿佛挥舞着一束花似的,把香肠切成小块。他的手优美地一挥,指着我们——那个身材矮小的苗条女人走到我们面前，笑着看看我们，分给我们香肠，这时候她看起来简直很漂亮呢。我们都叫她妈妈，她很高兴，为我们拍打枕头。

几个星期后，我们每天早晨必须到灿德尔学院[1]去。在那里，我的一条腿被紧紧地绑住，做一些活动。一只胳膊早就治好了。

又一批运输车从前线开来这里。绷带都已经不再用布料制造，而是用白色的皱纹纸来做了。在前线，包扎用纱布实在太少了。

阿尔贝特那条被截的残腿恢复得很好。伤口差不多愈合了。几个星期后，他就要离开这里，到假肢部门去。他总是很少说话，而且比以前严肃多了。他现在说起话来，往往突然中断，独自出神。要不是和我们在一起的话，他早就结束自己的生命了。不过现在他已经度过了最糟糕的时期。他有时也看我们打斯卡特牌戏了。

我得到了休养假。

我母亲不让我再走。她的身体很虚弱。她的病情比上次还要糟糕。

---

1 灿德尔学院即德国医生古斯塔夫·灿德尔 (Gustav Zander，1835—1920) 创办的一所医疗体操学院。

后来我奉团队派遣,又开赴前线。

跟我的朋友阿尔贝特·克罗普告别,心里非常难受。但是在军队里,随着时间的推移,对这样的事也逐渐习惯了。

第十一章

我们不再一个星期一个星期地计算了。我来的时候正好是冬天，那时炮弹命中炸开时，冻起来的土块几乎和弹片一样危险。现在树木又绿了。我们的生活就在前线和棚屋营房之

间交替变换。我们现在对这种生活已经有些习惯了,战争是一种死亡原因,如同癌症和肺结核,如同流行性感冒和痢疾。只是死亡的发生频繁得多,式样多得多,残酷得多。

我们的思想像是黏土,它是由日子的变更捏起来的——我们休息时,它是好的,而每当我们处在战火中时,它就死了。外面和里面都是布满弹坑的原野。

所有的人都是这样,不只是我们这里的人——以往的事物如今不适用了,而且人们也确实不知道这些事。修养和教育所产生的差别,几乎都被抹去,几乎无法辨认了。有时候,这些差别也提供了好处,让你可以充分利用某种环境;但是它们也带来了害处,会导致心理障碍,而这又是必须克服的。这就像,我们从前曾经是各个国家的硬币,有人把它们熔化了,于是现在大家都变成了同样的模式。如果想辨认其中的差别,那就必须仔细检查材料。我们现在是士兵,以后通过一种独特的、难为情的方式才又是一个个的人。

这是一种伟大的兄弟情谊,它以不寻常的方式把民歌中的亲密关系、囚犯的团结感情和死囚不顾一切的互助精神糅合成一个阶段的生活,这种生活在危险之中摆脱了死亡的紧张和孤寂,以完全无动于衷的方式匆匆忙忙地利用所赢得的时间。如若要对它做出评价,那么它既是英勇的,又是平庸的,但是谁想这么做呢?

道理就在这里，例如恰登在听到敌人要发动进攻的消息时，就以最快的速度把他那碗肥肉豌豆汤用汤匙舀着吃光，因为他根本不知道自己一个小时后是否还能活着。这样做究竟对不对，我们曾讨论了很长时间。卡特认为不好，他说，一个人必须估计到腹部会被枪打伤，遇到这种情况，填饱肚子比空着肚子更加危险。

对于我们来说，这些事情都是问题，它们是严重的，而且事情也不可能是别的样子。在这死亡的边缘，生活有一条极为简单的路线，它只局限在最迫切的事物上，其他的一切都处在深沉的睡梦中——这就是我们的蒙昧，我们就这样被拯救了。要是我们具有更细微的辨别能力，那么我们早就发疯、当逃兵或是阵亡了。这就像在冰山中探险一样——生活的每种表现都只能为继续生存服务，而且不可避免地只能去适应它。其他的一切都被排斥了，如若不然，它们就会不必要地消耗力量。这就是拯救我们自己的唯一方式。每当寂静的时刻，过去岁月那捉摸不定的反光像一面黯淡的镜子，在我前面照出我现在存在的这个身影的时候，我常常面对这个自己坐着，仿佛坐在一个陌生人的面前；后来我感到奇怪，那个称为生命的不可名状的活跃的东西竟然已经适应了这个形态。其他所有表现形式都处在冬眠状态，生活仅仅是在暗中守候死亡的威胁——它把我们变成有思维的动物，以便把本能的武器交给我们；它把麻木不仁灌输给我们，使我们在恐怖面前不致崩溃，而在我们具有清晰的、有意识的思想时，恐怖就可能向我们袭来；它在我们心中唤起友谊的意识，使我们避开孤寂的深渊；它赋予我们野兽的冷漠，使我们在任何情况下都能感知每一个积极的因素，并把它作为储备保存起来，以对付虚无的进攻。就这样，我们过着一种极为肤浅的、封闭的艰苦生活，只是偶尔有件事会射出一点火星。但是随后却令人意外地出现猛烈的、可怕的渴望的熊熊火焰。

这是一个个危险的瞬间，它们向我们显示出，适应只是非常勉强的，它并不是普通的安宁，而是为了安宁而付出的最高度的紧张。从外表看来，我们在生活方式方面跟丛林中的黑人几乎没有差别；但是这些人始终可以这样子，因为他们本来就是这样的，他们通过充分发挥自己的精神力量，也可能使自己得到进一步的发展，而我们的情况正好相反：我们的内在力量并未致力于继续发展，而是致力于倒退。他们身心放松，那是十分自然的，但是我们要达到那样的状态，却要经过紧张的努力，而且还是勉勉强强的。

夜里我们从睡梦中醒来，屈服并委身于潮水般涌来的幻觉的魔力，我们心怀恐惧地感觉到，那个支柱和把我们与黑暗隔开的界限是多么脆弱——我们是小小的火苗，仅靠几堵薄墙凑合着抵挡死亡和疯狂的风暴，我们在风暴中闪烁着，有时几乎熄灭。后来战役沉闷的呼啸声变成了一个圆环，把我们牢牢地围在里面，我们蜷缩着身子，睁大眼睛凝望着黑夜。我们唯一的慰藉就是战友们熟睡的呼吸，我们就这样等待着黎明。

每一天和每一个小时，每颗榴弹和每个死人都在摩擦那脆弱的支柱，岁月迅速把它磨损了。我看到它已经逐渐在我周围坍塌。

德特林愚蠢的故事就是个例子。

他是一个自以为是的人。他的不幸就是在一个花园里看到了一棵樱桃树。当时我们正好从前线回来，这棵樱桃树就在新宿营地附近一条路的拐弯处，在晨曦中挺立在我们面前，令人惊喜。它没有树叶，而是一团独特的白色花丛。

晚上，德特林不见了。后来他回来了，手里拿着几枝樱桃花。我们开起玩笑来，问他是否要去相亲。他没有回答，而是躺到自己的床上。夜里我听到他弄出一种窸窣的响声，他好像在收拾东西。我预感到灾祸临头，就朝他走去。他装出一副若无其事的模样，我就对他说："你可别干蠢事，德特林。"

"啊，哪里——我就是睡不着觉罢了。"

"你究竟为什么要折下那些樱桃树枝？"

"我当然可以折樱桃树枝啰。"他固执地答道，过了一会儿他又说，“我家有个大果园，有许多樱桃树。每当开花的时候，从贮藏草料的阁楼上望去，它们就像一块床单，那么白。现在正是时候。”

“也许很快就会有休假。你是个农民，甚至还会被遣返呢。”

他点点头，但是他心不在焉。这些农民一激动，表情就很独特，成了母牛和渴望之神的混合物，痴呆和魅力参半。为了让他摆脱自己的思绪，我向他要了一块面包。他很爽快地给了我。这倒是令人怀疑的，因为他往常有点小气。因此我始终不敢睡着。没有发生什么事，早晨他没什么异样。

他很可能已经觉察到我在注意他。尽管如此，到了第三天早晨，他还是走了。我看到了，但我什么也没说，目的是给他时间，也许他能够穿越过去。已经有各种各样的人成功地逃到荷兰去了。

然而到了点名的时候，发现他不在了。一个星期后我们听说他已被战地宪兵，就是那些受人唾弃的军警逮捕了。他选定的目标是逃往德国——这当然是毫无希望的——同样，他开始所做的种种事情，当然都是非常愚蠢的。每个人都会明白，他的逃亡不过是一种思乡病和一时的思想糊涂。但是在前线后面一百公里的军事法庭的法官们对此会怎样理解呢？——从此我们再也没有听到德特林的任何消息了。

然而有时候，这种危险的、受压抑的东西又以别的方式爆发出来，仿佛从加热过度的蒸汽锅炉里爆发出来似的。这里也可以报道一下贝格尔的结局。

我们的战壕被摧毁已经很久了，现在我们只有一条机动灵活的战线，因此我们根本不能再进行真正的阵地战了。当进攻和反攻来来回回进行一阵以后，剩下来的就是一条支离破碎的防线以及弹坑与弹坑之间的激烈战斗。前面一条战线被突破了，一股一股的部队便随处建立起阵地，一个个弹坑成了进行战斗的场所。

我们待在一个弹坑里，英国人待在一侧，他们占领了侧翼，抄到我们的后面。我们被包围了。要投降也困难，迷雾和硝烟弥漫在我们头顶上，谁也看不清我们要投降，也许我们根本就不愿意投降，在这样的时刻，我们自己也不知道这种事。我们听到手榴弹的爆炸声，越来越近。我们的机关枪扫射着一个半圆形的区域。冷却水蒸发掉了，我们就急急忙忙把盒子传递过去，每个人都往里面撒尿，这样我们就又有了水，可以继续射击了。但是在我们后面，枪声、爆炸声越来越近。再过几分钟，我们就完蛋了。

这时候，第二挺机关枪开始扫射起来。它就架在我们旁边的弹坑里，是贝格尔弄来的，现在从后面开始了一次反攻，我们摆脱了困境，跟后面取得了联系。

当我们后来待在相当好的掩蔽处时，去取饭的一个士兵说，离这里几百步远的地方躺着一只受伤的通讯犬。

"在哪儿?"贝格尔问道。

那个士兵把地点描述给他听。贝格尔拔腿就走，想把那条狗弄回来，或是用枪把它击毙。要是在半年前，他才不会为这种事操心呢，那时他肯定很理智。我们试图阻止他。然而他执意要走，我们只能说:"发疯了!"并让他走了。因为这种前线狂暴病发作起来，如果你不能把那个人摔倒在地，并且牢牢抓住，那是很危险的。而贝格尔有一米八，是全连力气最大的人。

他的的确确发疯了，因为他必须穿过火力网；但是那无时无刻不在我们所有人头顶上守候着的这道闪电却击中了他，使他着了魔。在别人身上，情况是这样的：他们开始狂怒，奔跑，有一个人还试图用手、脚和嘴不停地挖土。

当然，像这样的事也有很多是假装出来的，但是假装其实也是一种预兆。要去解决那条狗的贝格尔，骨盆受了枪伤，被抬了回来，去抬他的人当中，有一个在途中小腿肚挨了一颗步枪子弹。

米勒死了。一颗照明弹近距离射进他的肚子。他还活了半个小时，头脑十分清醒，感觉非常疼痛。他死前把他的皮夹递给我，把他的皮靴遗赠给我——就是当时他从克默里希那里继承的那双。我拿来就穿上，因为这双靴子我穿正合适。我死后，恰登将拥有它们，我已经答应他了。

我们虽然已经把米勒掩埋了，但是他大概不可能不受干扰地在那里安眠很久。我们的战线正在后撤。那边，英国和美国的生力团队太多了。腌牛肉罐头和白面粉也太多了。新的大炮同样太多。还有太多的飞机。

可是我们却饿得要命，瘦骨嶙峋。我们的伙食那么糟糕，掺了那么多的代用品，我们吃了都得病了。德国的工厂主都成了富翁，而痢疾却使我们的肠子阵阵刺痛。茅坑里始终蹲得满满的；应该叫后方的人到这里来看看这些灰黄色的、既可怜又逆来顺受的脸，看看这些伛偻的人形，腹绞痛正把他们的血从身体里榨出来，而他们最多只能用扭歪的、痛得哆哆嗦嗦的双唇咧嘴苦笑着说："根本没有必要再把裤子拉起来……"

我们炮兵连的炮击停止了——炮弹太少——炮管磨损得很厉害，它们打不准，有时还会把炮弹射到我们这里。我们的马匹实在太少。我们的生力部队都是贫血的、需要休养的男孩子，他们背不动背包，只知道去送死。他们这样的人有成千上万。他们对战争一无所知，只是向前冲，让自己被击毙。有一次，他们有两个连刚从火车上下来，对于掩蔽尚无一点知识，敌人的一个飞行员开了个玩笑，一下子把他们都扫光了。

“德国很快就会变得空空如也。”卡特说。

我们对“有朝一日总会结束”这个说法已经不抱任何希望了。我们压根儿就没想到那么远。人们可能会被子弹打死；人们也可能受伤，那么野战医院就是下一个站。如果他们没被截去肢体，那么迟早也会落到这样一些军医手里，这些人纽扣洞里佩着一枚十字战争勋章，他们会说：“什么，一条腿稍短了吗？如果你们有勇气，在前线你们也不需要跑。男人就是k.v.[1]。解散！”

卡特讲了一个故事，从孚日到佛兰德，整个前线都传遍了——关于一个军医官的故事，这个军医官念着体格检查名单上的一个个名字，被叫到的人站到前面时，他看也不看，就说：“k.v.。我们前线需要士兵。”有个装了一条木腿的人走到

1 k.v.是kriegsverwendungsfähig的缩写，意为可以用来打仗的。

他面前，军医官又说：k.v.。“这时候，”卡特提高嗓门说，“那个人就对他说：我已经有了一条木腿，但是如果我现在再上前线，人家把我的脑袋打掉，那么我让人给我装个木脑袋，就变成军医官了。”——我们大家对这样的回答都非常满意。

当然也会有好医生，而且有许多，然而每个士兵在上百次的体格检查中，总有一次会落到一个专抓英雄的医生手里，这些人竭尽全力，尽可能把名单上的a.v.[1]和g.v.[2]都改成k.v.。

这样的故事还有不少，而且绝大多数都尖刻得多。但是尽管如此，它们却与造反哗变和发牢骚毫不相干；它们都是诚实的，直截了当地把事情说了出来，因为在军队里，存在着许多欺骗、不公和下流卑鄙。尽管一个团接着一个团投入越来越没有希望的战斗，在前线后缩和崩溃的情况下，一次进攻接着一次进攻，这样的事还不够多吗？

坦克已经从嘲笑的对象变成一种重武器了。它们装着钢甲，排成长列滚滚而来，对于我们来说，它们所体现的战争的恐怖比别的任何事物都多。

向我们这边发射猛烈的密集炮火的大炮，我们没有看见，进攻线上的敌人都是像我们一样的人。但是坦克是机械，它们的履带犹如战争一样无休无止地转动，它们就是毁灭，它们

---

1 a.v.是arbeitsverwendungsfähig的缩写，意为可以用来工作的。

2 g.v.是garnisonsverwendungsfähig的缩写，意为可以用来驻防的。

毫无知觉地滚到弹坑里，随即又爬上来，势不可挡，仿佛是一支咆哮着的、吐着烟的装甲舰队，是一群刀枪不入、把死人和伤者碾得粉身碎骨的钢铁野兽。在它们面前，我们的身子都畏缩在自己薄薄的皮肤里，面对着它们巨大的冲击力，我们的胳臂仿佛成了麦秆，我们的手榴弹仿佛成了一根根火柴。

榴弹，一团团毒烟和一群群坦克——压碎，捣烂，死亡。

痢疾，流行性感冒，伤寒——窒息，烧伤，死亡。

战壕，野战医院，群葬墓——不再有别的可能性。

在一次进攻时，我们的连长贝尔廷克阵亡了。在任何危险的情况下，他都冲在最前面，是一名优秀的前线指挥官。他在我们这里有两年了，从来没有负过伤，在这样的情况下，终究要出事的。我们蹲在一个洞穴里，被敌人包围起来。油或煤油的臭气随着炸药的烟雾一道吹了过来。我们发现有两个人带着火焰喷射器，其中一个人背着一只箱子，另一个人两手抓着一根软管，火从管子里喷出来。要是他们逼近，够得着我们，那我们就完蛋了，因为这时候我们没法后退。

我们向他们开火。但是他们却逼得更近了，情况不妙。贝尔廷克和我们一起待在那个洞穴里。他看到我们没有打中他们，因为我们在猛烈的炮火下只能多考虑设法掩蔽，他就拿起一支步枪，从洞穴里爬出来，卧倒在地，用手臂支撑着瞄准。

他扣动扳机——就在同一瞬间，一颗子弹在他那里啪的一声响起，他被击中了。然而他仍然卧倒着，继续瞄准——他停顿了一下，随后又重新瞄准；枪声终于响了起来。贝尔廷克把步枪放下，说道："好。"就滑了回来。两个带火焰喷射器的人中，走在后面的那个受了伤，他倒下去，软管从另一个人那里滑出来，火向四面八方喷射，那个人就烧了起来。

贝尔廷克胸部中了一枪。过了一会儿，一块弹片又把他的下巴削掉了，而这同一块弹片仍有足够的力量撕开莱尔的臀部。莱尔呻吟起来，用两只胳臂支撑着，血冒得非常快，没有哪个人能够帮助他。几分钟后，他像一根流光油的软管一样瘫倒了。他在学校里是个优秀的数学家，但是如今对他有什么用呢。

几个月过去了。一九一八年的夏天是流血最多和形势最严峻的季节。日子宛如披金穿蓝的天使，不可思议地站立在这灭亡之环上方。每个人都明白，这场战争我们输定了。关于这件事，大家谈得并不多，我们在往后退，这次大进攻后，我们已经没有能力再发动进攻了，我们再也没有足够的兵员，再也没有足够的弹药了。

然而战役仍在继续——死亡还在继续。

一九一八年夏天——我们从来没有像现在这样感到基本

的生活如此值得追求；我们驻地草坪上那红艳艳的虞美人，草茎上那滑溜的甲虫，半明半暗、凉爽的房间里温暖的夜晚，黄昏中黑黝黝的、神秘的树木，星星和潺潺的流水，一个个梦幻和长长的睡眠——啊，生活，生活，生活啊！

一九一八年夏天——从来没有比上前线那一瞬间需要更多默默无声的忍受。关于停战与和平的种种谣言混乱而又令人兴奋，已经传得沸沸扬扬，把我们的心搅乱了，这让动身去前线比以往任何时候都更困难。

一九一八年夏天——前线的生活，从来没有比炮火猛轰的那几个小时更痛苦、更恶劣，那时苍白的脸伏在污泥中，双手痉挛，心中萌生出唯一的念头：不！不！不能死！不能死在这最后的一刻！

一九一八年夏天——战场上横尸遍地，希望之风徐徐抚过硝烟弥漫的焦土。极度的焦躁、失望以及对死亡最深的恐惧化为那个麻木的问题：为什么？为什么还不结束？为什么关于停战的谣言现在仍然沸沸扬扬地流传？

这里有如此多的飞机，它们完全有把握像捕猎野兔一样追捕每一个人。每一架德国飞机，都至少会有五架英国和美国飞机飞来围攻。战壕里一个饥肠辘辘、疲惫不堪的德国兵，会有五个身强力壮、充满朝气的敌军士兵冲来对付。德军这边有一个军粮面包，那边就有五十个肉罐头。我们不是被打垮的，因为作为士兵我们更优秀，更有经验；我们是被许多倍的优势压垮、击退了。

我们度过了几个星期的阴雨天——灰沉沉的天空，灰蒙蒙的大地，灰色的死亡。每当我们乘车出去，雨水就穿透大衣和其他衣服，让我们浑身湿漉漉的——在前线的时候，就一直是这样。我们的身体从来就没有干过。穿靴子的人会把靴子上面用沙袋系住，让泥浆不至于那么快流到靴里去。步枪生锈了，军服粘了一层泥，所有的一切都在流动着，融解着，大地成了湿淋淋、潮乎乎、油汪汪的一大块，上面有许多黄澄澄的小池塘，里面漂着螺旋形的血水，死者、伤者和幸存者都缓缓地沉落池底。

风暴宛若鞭子在抽打我们，从模糊的灰黄色天空中降落的雨点般的弹片，撕扯着受伤者那凄厉的孩子般的呼叫，在寂静的夜里，被撕得支离破碎的生命艰难地呻吟着。我们的双手沾满泥土，浑身沾着泥浆，我们的眼睛成了积着雨水的小池塘。我们不知道自己是不是还能活着。

然后，炎热犹如一只水母，猛地扑到我们的坑穴里，既潮湿，又燠闷。就在这种夏末的日子里，有一天在去领饭的途中，卡特突然倒了下去。当时只有我们两个人。我给他包扎伤口；看来他的胫骨被打碎了。这一枪恰好打在骨头上，卡特绝望地呻吟着："终于来了——偏偏是现在这个时候……"

我安慰他。"谁知道这场灾难还要持续多久啊！你这下倒是得救了……"

伤口开始流血了。我想去找副担架来，但又不能把卡特一个人留在这里。何况我也不知道附近哪里有卫生站。

卡特并不是很重，因此我就把他背在身上，回头往急救所走去。

途中我们休息了两次，因为这样背着走，他疼得很厉害。我们话说得不多。我大汗淋漓，便把自己上衣的领子敞开，喘着粗气，由于费力地背着他，我的脸都肿了。尽管如此，我还是催促他继续走，因为那个地带非常危险。

“可以继续走了吗，卡特？”

“必须得走了，保罗。”

“那就走吧。”

我扶他起来,他靠那条没有受伤的腿站着,身子紧紧倚在一棵树上。随后我小心翼翼地抓住他那条受伤的腿,他猛地跃了一下,我就把那条好腿的膝盖也挟在腋下。

路上我们走得越来越困难了。不时有榴弹呼啸着飞来。我尽可能疾步前行,因为卡特伤口里流出的血已经滴到地上了。面对炮弹的攻击,我们无法保护自己,因为我们还来不及掩蔽,炮击就已经过去了。为了等待炮击过去,我们就躺到一个小弹坑里。我把我军用水壶里的茶倒给卡特喝。我们抽了一支香烟。"真的,卡特,"我忧伤地说,"这下子我们真的要分开了。"

他默不作声,只是凝视着我。

"卡特,你还记得我们是怎样征用那只鹅的吗?还有,我还是个小小的新兵,第一次负了伤时,你是怎样把我从不幸中救出来的吗?当时我还哭得怪可怜的。卡特,距今差不多有三年了。"

他点点头。

对孤独的恐惧在我心中油然升起。卡特被运走后,我在这儿就再也没有一个朋友了。

"卡特,要是在你回来之前和平真的到来,我们无论如何一定会再见面的。"

"你认为,我的胫骨成了这个样子还会再次被列为k.v.吗?"

他辛酸地问道。

“你好好休息，骨头会好的。关节都正常的嘛。没准儿会很顺利。”

“再给我一支香烟。”他说。

“也许我们以后可以一道做点事情，卡特。”我非常悲伤，这是不可能的，卡特——这个卡特，我的朋友，这个卡特，肩膀耷拉着，小胡子稀疏而又柔软，这个卡特，我对他的认识比对任何人的认识都更清楚，这个卡特，这些年来，我一直与他同甘共苦——这是不可能的，也许我再也见不到他了。

“无论如何，请把你家的地址给我，卡特。这是我的地址，我把它写下来给你。”

我把写着他家地址的纸条放入我上衣胸前的里袋。尽管他仍坐在我的身旁，我已经感到无比孤独。我要不要干脆往自己脚上打一枪，以便和他待在一起呢？

突然，卡特发出了呼噜呼噜的声音，脸色发青发黄。“我们继续走吧。”他结结巴巴地说。

我跳了起来，满怀激情地帮助他，我背起他，跑了起来，那是一种长距离的、稳重的慢跑，这样他的那条腿就不致摆动得太厉害。

我喉咙发干，红色和黑色的星星点点在眼前狂飞乱舞，但是我仍咬紧牙关，顽强地跌跌撞撞地向前跑，最后终于到达了卫生站。

在那里，我摔倒了，但是我仍有足够的力量，让自己倒向卡特那条好腿的一侧。过了几分钟，我才慢慢地直起身来。我的两条腿和两只手都抖得很厉害，费了很大的劲儿才找到我的军用水壶，喝了一口。喝的时候，我的双唇也在颤动。但是我微微笑着——卡特得救了。

过了一会儿，我已经能够辨别出钻到我耳朵里来的各种嘈杂的嗓音了。

“你其实不必那么拼命。”一个卫生兵说。

我不懂他在说什么，呆呆地望着他。

他指着卡特。“他死了。”

我不能理解。“他是胫骨受的枪伤。”我说。

那个卫生兵停住脚步。“那也一样……”

我转过身子。此时我头上重新冒出了汗水，淌到我的眼睛里，让我的视线很模糊。我把汗水抹掉，往卡特那边望去。他静静地躺着。“他昏过去了。”我急忙说。

那个卫生兵轻轻吹了下口哨说：“这方面我更在行。他是死了。不信我们打赌，赌多少钱都可以。”

我摇摇头。“这不可能。就在十分钟前，我还在和他谈话呢。他肯定是昏过去了。”

卡特的双手依然是温热的，我抓住他的肩膀，用茶擦他的身子。这时我发觉自己的手指潮湿了。当我把手指从他的脑后向上抽出来的时候,上面沾满了鲜血。那个卫生兵又轻轻地吹了下口哨说:“你瞧……”

半路上,卡特头部中了一块弹片,我一点也没有注意到。头上只有一个小洞,那肯定是一块非常小的流弹碎片。但是那也足够了。卡特死了。

我慢慢地站起身。

“你要不要把他的军人证和随身物品拿走?”那个二等兵问我。

我点点头,他就把它们交给了我。

那个卫生兵感到奇怪。“你们不是亲戚吧?”

不,我们不是亲戚。不,我们不是亲戚。

我要走吗?我还有脚吗?我抬起双眼,四下转动,我也跟着它们一圈又一圈地转动。过了很久,我才停了下来。一切又都与往常没什么两样,只是战时后备军施坦尼斯劳斯·卡特钦斯基死了。

后来,我就什么也不知道了。

第十二章

秋天来了。剩下来的老兵已经不多了。我们班级在这儿的七个人,如今我是最后一个。

每个人都谈论着和平与停战。所有人都在等待。要再来一次失望,他们就会崩溃;希望实在太强烈,不发生一次爆炸,是不可能消除掉的。如若没有和平,就会发生革命。

我得到了十四天休息,因为我吸入了一些毒气。我整天坐在一座小花园里晒太阳。很快就要停战了,现在连我都相信了。然后我们就可以回家了。

我的思想在这儿停住,无法再继续向前。以压倒优势吸引着我、等待着我的,就是感情。那是对生存的欲望,那是对故乡的感情,那是血缘关系,那是对得救的陶醉。但是没有目标。

要是我们在一九一六年回家,那么由于所受的痛苦和自己的经历赋予我们强大的力量，我们必定会掀起一场风暴。而如果现在回去，我们就只是疲惫，憔悴，精力耗尽，没有根底，没有希望。我们再也找不到自己的道路了。

况且，人们也不会理解我们——因为在我们之前成长的那一代人，固然和我们在这儿共同度过了这些年，但是他们早已成了家，有了自己的职业，现在回到自己先前的生活中去，很快就会把战争忘却，而在我们之后成长的那一代人，跟我们从前一样，对前辈完全陌生，会把我们推向一旁。我自己都觉得自己是多余的，我们的年龄将会一年年增长，一些人将会适应，另一些人会顺从，而多数人会束手无策；岁月流逝，最终我们将走向毁灭。

但是，也许我所想的这一切，只是忧伤和惊惶，当我再次站在白杨树下，倾听树叶簌簌作响，它们就烟消云散了。那些使我们的血液变得不平静的渴望，那些隐隐约约的、扑朔迷离的、正在到来的事物，未来的成千张面孔，梦中和书里的旋律，女人们的呢喃和预感，要这些通通都离去，那是不可能的，说它们已经在密集的猛烈炮火中、在绝望中、在随军妓院中消失得无影无踪，那也是不可能的。

金黄的树木闪耀着色彩斑斓的光彩，花楸的浆果红艳艳地挺立在叶子中，公路宛如白色的带子向地平线延伸，兵营的食堂如同蜂窝一样嗡嗡地响着关于和平的谣传。

我站起身来。

我非常镇静。让月复一月、年复一年的时光来临吧,它们不会再从我这儿拿走什么东西,它们再也不可能从我这儿拿到什么东西了。我是那样孤独,那样没有希望,倒可以毫无畏惧地面对它们了。我这些年来所经历的生活,如今仍然摸得到,看得见。我是否已经战胜它,现在还不知道。但是只要它仍在那儿,它就会寻找到自己的路,无论我心中真正的自我说什么,是愿意还是不愿意。

他于一九一八年十月阵亡,那一天整个前线是如此平静和沉寂,所以军队指挥部的战报上仅仅写着这样一句话:西线无战事。

他是向前扑倒下去的,躺在地上仿佛睡着了一样。人们把他翻过来,看到他可能没有遭受多长时间的痛苦。他的脸上有一种从容的表情,甚至可以说是很满足,因为这一切终于结束了。

出版社声明

由于条件限制，经过多方努力，本社仍未能与书中插图的权利人取得联系，在此恳请权利人予以谅解和支持。

本社会继续努力联系权利人。相关权利人可随时与本社联系，本社会立即向权利人补偿授权费用。

特此声明。

译林出版社

The rights owners of the illustrations in this book could not be reached after numerous attempts and the best efforts of Yilin Press, We will continue our efforts to contact the rights owners. We are here asking for their support and understanding by contacting us at rights@yilin.com for permission fees for the illustrations. Many thanks.

YILIN PRESS